魔豆

U0084382

魔豆

織女

VOL. 03

無名神

醉琉璃——著

織女 03

目錄

第一針

這是一間充滿著粉色系和少女情懷的房間。

粉紅色的牆壁、白色的蕾絲窗簾、滿滿的可愛擺設，以及那像座小山一樣堆積在床頭的各式布偶。

而擁有這麼個夢幻房間的主人，此刻仍蜷著身子，用棉被把自己包裹得緊緊的，沉浸在夢鄉與溫暖的陽光之中。

突然間，門上的喇叭鎖「卡啦」地轉動半圈，接著緊閉的門板被人由外靜悄悄地推開了。

一抹嬌小玲瓏的人影潛了進來。

人影先是在粉紅色房間的中央站定，左右看了看，目光落在床鋪上那團隆起物。

然後，就看見人影採取了接下來的一連串行動——

先是將窗簾俐落拉開，緊接著七手八腳地爬上椅子、站上書桌，雙手扠腰、雙腳張開與肩膀同寬。

下一秒。

「起床了！一刻，該起床了！太陽曬屁股啦！」

幾乎在那陣高分貝的叫喊聲砸下的瞬間，床上的隆起物也被嚇得彈起，一把扯下棉被的同時，還爆出了一聲氣急敗壞的「幹」！

從床上坐起的不是什麼楚楚可憐的柔弱美少女，而是和這夢幻房間完全不搭的白髮凶惡少年。

此刻少年正目露戾光，猙獰嚇人的眼神像是想將站在桌上的小女孩給生吞活剝一樣。

宮一刻現在只覺得超級火大，被驚醒的心悸加上起床氣，讓他扭曲了本來就不那麼平易近人的臉孔。

今年十六歲，並且身為這個粉紅色房間主人的一刻，咬牙切齒地擠出了咆哮，「織、女！妳他媽的來吵我睡覺做什麼？老子差點就能抓到那隻藍色的草泥馬娃娃了！只差一點，只差那麼一點……那可是老子超想要的萌物啊！」

「萌物？有妾身萌嗎？而且你那只是在作夢，一刻。」站在書桌上的小女孩趾高氣揚地抬起下巴，順手撥了下烏黑的髮絲，投給一刻帶點鄙視的眼神，「你要感謝妾身哪，如果在夢中抓到了，醒來後不是會更失落嗎？所以妾身才會體貼地叫你起來。」

「……要是妳真的體貼，就不要穿著鞋子站在我的書桌上。」一刻面無表情地說道。

「一刻你真小氣，器量小的男人會不受女孩子歡迎的耶。」嘴上雖這麼叨唸，但織女還是依言跳了下來，只不過她的雙腳並沒踩在地板上，而是奇異地懸浮在離地面數公分之處。

見到如此奇特景象，一刻卻沒露出大驚小怪的神色，他早知道眼前大剌剌侵入他房間的小女孩──不是人類。

本名為織女，真實身分也是神話故事中織女的小女孩，是一刻在前陣子認識的。

當時的一刻只把她當作普通小孩，在一場突如其來的車禍中保護了她，卻反使自己陷入瀕死的危機。

爲了報答一刻的恩情，織女將身上的神力分給他，救回他的性命，連帶地也讓他成爲自己的部下三號，發揮神力，幫忙消滅出現在人世間的妖怪。

直到現在，一刻還是搞不清楚織女究竟是來報恩，還是來脅迫人替她做事的。

耙了耙一頭凌亂的炫亮白髮，一刻重重地又倒回床上。管他現在是幾點，今天是星期六，他只想繼續睡到死。

心裡這麼想，一刻的眼皮也眞的逐漸掉下來，在即將闔眼的前一秒，他想到剛剛織女口中好像有出現「萌」這個字。

沒想到居然連神仙都懂得什麼叫作「萌」？

不，這似乎也不値得大驚小怪。畢竟神仙也會玩臉書、用黑莓機，甚至能說法語……！

忽然砸在臉上的某種物體讓一刻猛然再次睜眼。

發現凶器是隻小熊娃娃，而凶手絕對是房間中的另一人後，他陰沉著臉，惱火地瞪視著非要干擾他睡眠的織女。

這一看，他卻是暫時忘記惱火，心中改浮上大量的問號。

「妳這是在做什麼？」他狐疑地問。

穿著滾邊洋裝、有著細眉大眼的小女孩不知道何時從床頭拖走了兩隻玩偶，但又不像是準備砸人用的。

「這是綁架。」織女得意洋洋地說，嬌小的身子輕飄飄地浮起，靠近了窗邊。

假使一般人，只怕會對這發言失笑，一點也不認為受到了什麼威脅。

可是一刻不同，就算外表給人粗暴凶狠的印象——他的打架風光記錄，已經讓印象變得不僅僅是印象——實際上對可愛的事物卻毫無抵抗力，房間裡的這些玩偶更是他的寶貝。

一聽到織女吐出「綁架」兩個字，他的臉色立刻變了。

「靠！有話好說，妳別給老子做什麼傻事！」他急迫地嚷，一顆心幾乎要提到喉嚨。

「那一刻你起不起床？」織女露出潔白的貝齒，墨黑的眸子瞇得像細細的月亮，「不起來的話，妾身會撕票喔。」

說著，織女作勢要將兩隻玩偶往窗外拋去。

「幹幹幹！我起來了！老子起來了行不行！」一刻惱怒地大叫，用最快的速度離開床鋪，就怕織女真的會將他前幾天辛苦抓到的娃娃扔到窗外。

昨夜可是下過雨，萬一那兩隻玩偶沾上泥濘，他可是會心疼死的。

惡狠狠地瞪了從窗邊飛到他床上的織女，一刻發誓以後要禁止她看新聞，學人家什麼綁架、撕票的。

靠，小孩子的腦袋裝這些只會有害身心。

或許是織女外表稚幼的關係，以至於這名白髮少年總是忘記她真實年齡早就大到不可考。

「馬的，都已經沒睡好了，還要被妳這小鬼折騰……」一刻搶回織女手上的兩隻玩偶，怨恨地瞪了對方一眼。

「哎？一刻你不是說作了好夢嗎？怎麼又沒睡好？」織女困惑地歪歪小腦袋。

「老子不能一邊作好夢一邊覺睡不好嗎？」一刻抓亂本來就亂的白髮，沒好氣地說道：「也不知道是哪家死小鬼在吵，我一直覺得有聽到吵死人的大叫聲和乒乒乓乓的聲音。」

「小孩子在吵？妾身倒是沒聽見呢。」織女眨了眨黑亮的眸子，「不過也可能是一刻你的房間靠窗，隔壁屋子今天早上有人在搬家，說不定是他們家的小孩子在鬧呢。」

「搞什麼，搬家就搬家，是不會管一下自己的小孩嗎……好了，我要去刷牙洗臉，妳這小鬼也可以滾出我的房間了。」話題結束，一刻不耐煩地進行催趕。他早上本就有起床氣，更不用說方才還是被嚇醒的。

「真沒禮貌，怎麼能對淑女用『滾』這個字？你要說『請』才對。」織女跳下柔軟的床，老氣橫秋地指著一刻，「連這種基本禮貌都不知道的話，妾身會傷心的，部下三號。」

「請滾出老子的房間。」一刻拎起織女，趁她來不及反抗，動作俐落地將她扔到房外。

雖然動作看似粗魯，其實力道卻拿捏得精準。

織女也不氣惱，她早就知道她的部下三號是個溫柔的人，只是那份溫柔一直被隱藏在凶戾的外表下，只有與他親近的人才能窺見。

「一刻，你可別拖拉太久，妾身和莉奈都等著你一起吃早餐呢。」織女撫撫裙子，不讓漂亮的小洋裝出現難看的縐摺。

「我說妳啊，好歹加個『姊』字，是莉奈姊才對。」一刻嘆氣，「哪有妹妹對姊姊這麼叫的？」

宮莉奈的妹妹，一刻的堂妹——織女在這個家，就是以這名義待下來的。她施了一點小法術，使得照顧一刻的莉奈毫不懷疑地便接受了她的存在。

「又沒關係，一刻你不是也時常會對莉奈連名帶姓地叫？」織女歪了下頭顱，大眼睛眨巴眨巴地，「而且妾身的年紀比莉奈大很多耶。」

一刻聽到前半句的時候，還想辯駁他會連名帶姓叫是因爲那位名義上是他堂姊兼照顧人的女性，老是會挑戰他極限製造出凌亂與垃圾，不過當他聽完後半句，頓時放棄再度糾正織女對莉奈的稱呼。

天知道織女比他們所有人要大上多少歲！

「算了，當我什麼也沒說。」一刻揮揮手，舉步朝廁所走去，順道隨口問出了一個問題，「織女，喜……」

話才出口，一刻便猛然中斷句子。他停在原地，有種想給自己揮一拳的衝動。他本來是想問喜鵲還沒回來嗎，但他這是哪壺不開提哪壺，他一點也不想再見到織女露出寂寞的神情，那完全不適合那個趾高氣揚的小丫頭。

「什麼？一刻，你是要問妾身什麼嗎？」織女困惑的聲音從一刻身後傳來。

一刻鬆口氣，慶幸織女沒聽清楚。

「什麼事也沒有，妳快下去吧，叫莉奈姊先吃早餐。」他敷衍地說道，也不管背後一對大眼睛正狐疑地盯著自己，直接大步走進廁所內。

「砰」地一聲關上門，隔絕外面的視線，一刻這才吐出一口氣。他算了算日期，自從五天前喜鵲替織女送信給待在天界的牛郎後，至今仍是毫無消息，不知道是出了什麼差錯，抑或是——遲遲找不到收信的那人。

一刻清楚得很，即使織女表面不說，但心裡依舊相當在意。

因爲過去無數年來，她的丈夫都會迅速地託喜鵲帶回充滿思念之情的回信，而這次卻毫無音訊……這究竟代表著什麼？

「馬的，那個蘿莉控牛郎最好是快點回信，拖拉成這樣還是不是男人啊！」一刻神情凶惡地咋了下舌。

□

等到一刻刷牙洗臉完畢，來到了一樓廚房，瞧見宮莉奈與織女各據餐桌前的一張椅子，一個在看報紙，一個在玩自己的手機。

餐桌上，昨日買回來充當今日早餐的麵包完全沒動過的跡象，只是孤伶伶地擺設在桌子中央。

一刻緊緊地皺起眉頭，「不是叫妳們先吃了嗎？別跟我說這叫作有吃過了。」

「早安，小一刻。」一聽見自家堂弟的聲音，娃娃臉的女子頓時闔上報紙，白淨的臉蛋上漾起愉悅的笑，「我跟織女都在等你，一起吃東西才會美味嘛。」

「妾身剛剛就說過要等你了，一刻。」織女也從埋首玩手機的狀態中抬起頭，露出甜甜的笑，「牛奶加熱加蜂蜜，拜託啦。」

「我靠，妳是等我幫妳做這些事吧？」一刻不客氣地送了一記白眼給織女，但依然打開冰箱，按照她的要求弄出一杯溫熱又不燙口的蜂蜜牛奶。

瞄了一眼桌上的麵包，一刻想了想，還是決定再多煎幾個荷包蛋當配菜，讓早餐豐盛一點。

動作俐落地開瓦斯、熱油，一刻敲開蛋殼，讓橙黃的蛋黃和透明的蛋白墜入平底鍋中。

很快地，廚房裡充滿著荷包蛋的香味。

正當一刻煎第三顆蛋的時候，廚房內忽然響起一陣輕快的音樂聲。

三人不由得都愣了一下，其中一刻的反應最快，他馬上就分辨出這是自己的手機鈴聲。

他放在口袋裡的手機在響。

「妾身來接！」第二個發現到的織女動作迅速地跳下椅子，在一刻伸手探入口袋前，就先眼明手快地抓出綁著一串可愛吊飾的粉紅色手機。

「喂，先看是誰打來的，沒顯示名字的用不著接。」一刻說道。

織女低頭看了看來電顯示，「是阿冉耶，一刻。」

「掛掉，不用接。」一刻說，「如果蘇染也打來，一樣掛掉。」

這番反常的話，瞬間使得織女和宮莉奈驚訝地睜大眼。她們看著一刻的目光，如同在看一個不認識的外星人。

太奇怪了，這真的太奇怪了！

「小一刻，你怎麼了？你撞到頭了嗎？還是發燒了？」宮莉奈飛快地放下本來又拿起的報紙，一個箭步地衝向一刻。

「哇！莉奈姊小心一點！」手上端著盤子的一刻差點被她撞倒，他將盤子舉高穩住身勢。

宮莉奈現在完全不在意荷包蛋，她拉低一刻的腦袋，掌心貼上他的額頭，傳遞過來的溫度很正常。

「不是發燒……那就是撞到頭了？」宮莉奈憂慮地瞪大眼睛，「小一刻，你是睡覺時跌下來嗎？撞到地板？還是桌子？」

「我沒有……莉奈姊妳冷靜一點！」一刻忍無可忍地拔高聲音，擺出平常在訓斥宮莉奈亂丟垃圾的威嚴。

見到自己的堂姊反射性地縮了下肩膀，他又命令道：「回去坐好，打開麵包的袋子，乖乖吃早餐，然後好好聽我說。」

「小一刻，要說你眞的撞到頭了嗎？」宮莉奈憂心忡忡地問。

一刻無言，他現在只想拿自己的頭去撞旁邊的冰箱門。

渾然不知堂弟的想法，宮莉奈滿心焦慮地盯著一刻不放。蘇染和蘇冉是一刻自小就認識的好朋友，三人的感情好到沒話說。可是，他現在居然不願意接他們的電話？

除了自己的堂弟不小心撞到腦袋，宮莉奈還眞找不出其他的原因。

「我沒撞到頭也沒跟他們吵架，我說眞的。」一刻一眼就看出宮莉奈在想什麼，他將盛著荷包蛋的盤子放到餐桌上，正思索著要怎麼解釋自己看似反常的行爲，沒想到卻瞥見了令他臉色瞬間鐵青的一幕。

織女坐在椅子上……

織女正坐在椅子上和人講著手機——而且那他媽的還是他的手機！

「幹！織女，我不是叫妳……痛！莉奈姊，妳幹嘛打我？」

「小一刻，我不是交代過了嗎？盡量不要在織女面前罵髒話。」宮莉奈一手握著捲成筒狀的報紙，一手指著一刻的鼻尖，美眸裡正氣凜然，「織女年紀還小。」

「小她個蛋……」一刻含糊地又罵了句髒話。他拉開椅子一屁股坐下，放棄搶回自己的手機。

織女那小鬼都跟人說完了還搶什麼搶？

「一刻！」和蘇冉結束通話的織女不知道爲什麼有些氣鼓鼓的，她挺直背脊，黑亮的眼睛用力地瞪著對面的白髮少年。但隨即似乎覺得這樣氣勢不夠，她踢掉鞋子，站在椅子上，「你太不夠意思了，一刻！居然瞞著妾身這麼有趣的事！」

「有趣的事？什麼？什麼？」目前唯一還一頭霧水的人就只剩下宮莉奈了，她困惑地看看織女，又看看一刻，「阿冉說了什麼嗎？」

「阿冉他說……」

「蘇冉他們要找我出去玩。」一刻乾脆自行招認，「從昨天就一直打電話來盧，煩都煩死了，明明已經跟他們說沒興趣。」

「咦？所以小一刻你不是撞到頭囉？太好了。」宮莉奈鬆口氣地拍拍胸口。

一刻決定拿他的額頭撞桌面了。

「為什麼這麼有趣的事你不說？一刻，妾身想去哪。」織女坐回位子，噘起紅潤的嘴唇。

「妳要去可以，叫他們帶妳去。」一刻抬起頭，一副興致缺缺的表情，「不過別找我。」

「怎麼這樣？」織女不開心地睜圓眼睛，「但是妾身也想跟你一起呀！拒絕淑女的邀約是會遭天打雷劈的，一刻你就跟妾身一起去嘛！」

「那是三天兩夜的行程，我不要。」一刻還是抱持著堅定的態度，不見退讓的跡象，「我可不想回來時找不到莉奈姊。」

「找不到我？小一刻你在說什麼？我當然會在家的嘛，我……」說到一半，宮莉奈似乎是明白了堂弟的眞正意思，她心虛地眨下眼睛，接著尷尬地刮刮臉頰，「啊哈哈哈哈……」

織女也聽懂了一刻話裡的意思，下意識地將視線瞅向那名正在傻笑的清秀女子。

雖然只要簡單地打扮一下就是一名美女，但眞正的宮莉奈其實個性散漫，在家不修邊幅，最擅長的事就是不知不覺製造出大片淩亂和垃圾。

只要想到萬一自己連兩天不在家，宮莉奈說不定就會被埋在她製造出來的垃圾當中，那太過寫實的畫面足以使一刻打了個哆嗦。

所以一刻才會說什麼都不願意接受蘇氏姊弟的邀約，況且三天連假，他也沒興趣去外面人擠人。

織女也曾目睹過宮莉奈創造出的「豐功偉業」，那確實讓人目瞪口呆，因此她自然明白一刻在掛心什麼。

可是三天兩夜的旅行，聽起來真的很讓人心動呢！

織女捧起自己的杯子，黑眸滴溜溜地轉動，彷彿在思考什麼。

一刻當然不會知道織女的小腦袋在轉什麼念頭，他拿起麵包，還沒來得及咬上一口，廚房外就傳來了高亢的鈴聲。

這次是客廳裡的電話響了。

「操！到底還讓不讓人吃早餐？」一刻不悅地放下麵包，起身離開廚房，家裡的電話向來都是由他負責接聽的。

電話離廚房的位置不遠，不管是宮莉奈或織女都能清楚地聽見一刻的聲音。

「喂？」

「我就是。」

「尤里!?」

一刻的聲音忽然吃驚地放大，從他的嘴中喊出了一個人名。

織女知道那是誰，她也有些吃驚打電話過來的竟是她的部下一號。

好奇之餘，織女忍不住跑到廚房門口，探出頭往外看。

「尤里？那是小一刻的朋友嗎？」宮莉奈的聲音忽然落了下來。

織女嚇了一跳，反射性仰高臉，赫然發現宮家大姊也加入偷聽的行列。

「是一刻的朋友，最近也轉來利英了。」織女點點頭，目光又轉回盯著一刻，因此沒注意到宮莉奈摸摸下巴，露出難得嚴肅的思考神色。

雖然不知道尤里打家用電話過來的用意，但從一刻的反應來看，不難猜出一二。

「……所以我說過多少次了，不要、沒興趣！」一刻抓著話筒，語調越來越不耐煩。他當然也瞄見躲在廚房門口偷聽的兩人組，那甚至還稱不上是躲，兩顆腦袋那麼顯眼。

他瞇起眼，朝廚房門口的一大一小射出惡狠狠的視線，並且抬手作勢揮趕，要她們回去裡面吃早餐。

織女和宮莉奈有志一同地選擇無視。

見狀，一刻也放棄了。他將注意力轉回話筒另一端傳來的遊說上，天知道蘇染他們在想什麼，居然找上了尤里來當說客。待會該不會換織女的部下二號，那名自稱有女裝癖好、扮起來也活脫脫是名美少女的夏墨河打電話來了吧？

一刻抓緊話筒，朝天花板翻了個白眼。他現在最想做的事是把他的早餐吃完，然後再來個大掃除，而不是被固定在自家電話旁邊。

然而遠在話筒另一端的尤里，怎麼可能會知道一刻心中所想，他依舊熱情不減地邀請一刻參加他們的三天兩夜之旅。

白髮少年額角的青筋開始一條條冒出來，從昨晚被纏到現在，他的耐性真的宣告用盡了。

「不管你還想說什麼，現在通通給我暫停！」一刻提高音量，話筒另一端反射性變得安靜的瞬間，他咬牙切齒地說：「你們要去就自己去！老子他媽的一點都不……」

一刻的話還沒有說完，另一道更高亢的嗓音剎那間蓋過他的聲音。

「去去去！怎麼會不去呢？」宮莉奈衝了出來，趁一刻吃驚瞪著自己的時候，她火速地搶過電話，話筒貼近耳朵，「喂喂，你好，你叫尤里對吧？我是小一刻的姊姊，我們家小一刻會去的，再麻煩你們多多照顧他囉！掰掰！」

幾乎是連珠炮地說出這段話，宮莉奈才與人道別，接著掛上電話。

一刻傻在一旁，不敢相信自己聽見了什麼。

「好啦，事情就這樣決定了。」宮莉奈神清氣爽地拍拍手，臉上也露出滿足的表情，彷彿剛剛完成了多麼艱困的任務。

「決定？誰跟妳決定了！」一刻回過神，氣急敗壞地發出怒吼，「莉奈姊，妳沒事幹嘛替我答應？我明明說過我一點興趣也沒有吧！」

「不不不，小一刻騙得了別人，卻騙不了姊姊我。」即使面對簡直快化作噴火龍的堂弟，宮莉奈還是沉穩得很。她單手扠腰，另一隻手直指對方的鼻尖，氣勢難得完全沒被壓制住，

「你其實是有點想去的，對吧？」

「我……」一刻猛地語塞。

「我知道你是擔心我，不過你可別忘記我是個成熟的大人，當然會好好照顧自己。」宮莉奈趁勝追擊，她驕傲地挺起胸，藉此表現出屬於大人的氣魄。

對於這點，一刻倒是懶得出聲吐槽了。

成熟的大人……最好成熟的大人會死不承認自己已經三十歲，而是堅持自己才二十九歲又十一個月又三十一天。

只不過，宮莉奈某部分確實沒說錯。一刻的內心深處其實是有點想參加和朋友三天兩夜的旅行。

「小一刻，你就儘管去玩吧！」宮莉奈伸手揉揉堂弟那頭炫亮的白髮，「你以前都只和阿冉、小染一起玩，現在能與更多朋友在一起，這是很好的事唷。」

「莉奈姊……」

「才兩個晚上，我會努力不把東西亂扔，也不會動廚房，三餐就暫時吃外面；衣服要是堆太多，大不了用手洗，不會碰洗衣機的。」

「莉奈姊……原來妳真的有自知之明啊。」

「小、一、刻，居然對我說這種話？」宮莉奈兩隻手用力地將一刻抱住，讓他的臉緊埋在自己胸前。

一刻費了好大的勁才推開，他漲紅著臉，覺得自己差點要窒息了。

對自己險些謀殺堂弟的行爲毫不愧疚，宮莉奈的眸子滴溜溜一轉，忽然拉過在旁看得津津有味的織女，將那抹嬌小玲瓏的身影一把圈抱住。

「而且還有織女會陪我嘛，所以完全不需要擔心。」她說。

「咦？」這是一刻。

「咦咦咦咦咦？」這是織女。

無論白髮少年或黑髮小女孩，全都震驚無比地瞪大眼，看著語出驚人的宮莉奈。

「啊咧？有什麼不對嗎？」宮莉奈困惑地迎上兩人的視線。

「等、等一下！」率先出聲的人是織女，她錯愕地驚叫，彷彿沒辦法相信自己所聽見的，「妾身陪莉奈？難道不是妾身跟著一刻一塊去，然後順便可以指使他買這買那給妾身的嗎？」

「喂。」一刻瞪了織女一眼，「最好有這回事。」

「織女乖，這次就別打擾小一刻了，讓他好好地和朋友玩。」宮莉奈將織女扳過來，讓兩人面對面，她綻出溫柔的笑容，「這年紀就是要多揮灑青春才對，而且說不定還可以期待小一刻和新朋友們摩擦出戀愛火花呢！」

「喂喂喂！」這次一刻瞪的人變成自家堂姊。他新認識的朋友一個是小胖子一個是僞娘，哪來的女孩子讓他摩擦出什麼鬼戀愛火花。

織女本來還想抗議，她也想和一刻一起出門，但面對宮莉奈溫柔的笑容，那些抗議的話語頓時全卡在喉嚨裡，一個字也說不出口。

最後她癟了癟嘴巴，說，「妾身……妾身知道了。」

「我就知道我們織女最乖了。」宮莉奈開心地抱緊織女，旋即迅速站起，「小一刻要去三天，要趕緊幫忙準備行李才行……對，零用錢、衣服，還有土產清單！」

宮莉奈簡直比當事人還要興奮，也不等一刻有任何動作，她就先急匆匆地奔上二樓，沒一會兒就聽到樓上傳來乒乒乓乓的聲音。

一刻無力地搖頭嘆息，幾乎搞不清楚要出門玩的究竟是誰了。

但只要再仔細一看，就會發現他向來凌厲的眼角鬆緩下來，唇邊甚至隱隱地浮現笑容。

對於即將成行的三天兩夜之旅，宮一刻也是暗暗感到期待。

「眞是的，只好等等再打給蘇染他們了，江言一那邊也順便聯絡一下。他想約莉奈姊，最好就趁這幾天，約不成就是那傢伙太沒用了。」一刻抓抓頭髮，盤算著要給哪些人打電話。隨後他看向嘴巴仍是翹得高高的織女，他拍拍她的頭，「我會帶禮物給妳的，莉奈姊就拜託妳照顧一下了。」

「什麼嘛，不要以為區區的禮物就可以收買妾身。」織女哼了一聲。

「外加我房間的任一隻娃娃，除了我枕頭邊那隻大熊以外。」一刻再加上條件。

「眞的？」織女的眼睛迅速亮起，本來還有些板著的小臉蛋也浮現欣喜的光采，「你說的喔？一刻，是你說的喔！」

「對對對，是我說的。總之這三天妳就乖乖地待在家裡，不准亂飛、不准亂跑。」

「有什麼問題？這種小事妾身簡單就能做到。」織女雙手揹後，得意地挺起她的小胸膛。

得到織女的保證，一刻更加放心，雖然他總覺得織女似乎也答應得太爽快了一點。他還以爲她會拿出死纏爛打的那一招——就像當初她纏上他，非要他當她的部下三號一樣。

不過那張寫滿「就全部交給妾身吧」的得意小臉上，也搜尋不到什麼可疑的地方。

一刻最後歸因於是自己疑慮太多，完全沒發現到在織女背後，那兩隻細白的小手臂此刻正偷偷地比出個「X」。

「進去吃早餐吧，我去叫莉奈姊下來。讓她幫忙把行李準備好的話，二樓估計就要像颱風過境了。」一刻推了下織女的背，示意她回到廚房餐桌前，他自己則是打算往二樓走去。

但是就在他踩上階梯的刹那，屋內倏然門鈴聲大作，宣告著門外有客人來訪。

一刻這下眞的一頭霧水，他想不出這時候誰會找上門。放任織女好奇地跟在身後，他走向玄關，打開大門。

當門一打開，一刻結結實實地愣住了。

大門外，竟站著四抹人影。

其中並排在前頭的兩人，是相貌如出一轍的少年和少女，一雙藍眼比他們俊麗的外貌還引人注目；而在他們身後，則是一名胖乎乎的憨厚男孩和一名氣質出眾的美麗女孩。

「一刻。」站在門口右側的蘇染提高手上的紙袋，「防曬用品、雨傘、雨衣，還有隨身藥劑。」

「換洗衣物、紙內褲。」站在門左側的蘇冉也提高手上的紙袋，「只要準備人就可以了，你。」

「零食也不用擔心呢，一刻大哥，小千有做很多餅乾唷。」尤里笑嘻嘻地揮著手。

站在他身旁的花千穗有禮地朝一刻點點頭。

一刻目瞪口呆，半晌後終於才擠出話：

「我操……你們這效率會不會也高得太過分了……」

第二針

一刻覺得自己根本就像遭到綁架，連早餐都還沒吃、行李也沒準備，整個人就被他的朋友們給拖了出去。

搭了火車、搭了公車，不知不覺人居然已經來到他們三天兩夜之旅的目的地——一座名爲「湖水鎮」的觀光小鎮的旅館中。

先將行李堆在沙發上，一刻把自己扔向房內其中一張床鋪上。他直直盯著天花板的圖案一會兒，接著轉過頭，看著在整理各自行李的其他人。

蘇染、蘇冉、尤里、花千穗，沒有夏墨河。

據尤里所說，夏墨河這幾天有事抽不開身，所以才沒有加入他們這次旅行。

「墨河也覺得很可惜，但他眞的沒辦法一起來。他要我們好好地玩，順便幫他帶個紀念品。」火車上，尤里一邊吃著零食，一邊惋惜地這麼說。

在得知夏墨河沒有參與這次旅行時，一刻有些驚訝，不過驚訝程度或許還比不上他瞧見花千穗的時候。

一刻移動視線，望向正幫尤里重新擺好行李內物品的美麗少女。

不管是搭乘火車或公車，花千穗都是備受注目的焦點。那端麗完美的容姿以及一身高雅出眾的氣質，引得旁人頻頻回頭。

一刻甚至敢斷言，他們這一路上不斷被人當成稀有生物觀賞，一半的原因就是花千穗；另一半的原因則是雙胞胎、擁有藍眼睛的蘇染和蘇冉——一刻完全沒想到，他的那頭白髮也招惹了一些側目……

一刻會和花千穗認識，是前些時候的事。

那時，爲了追捕藏身在思薇女中的瘴，一刻和夏墨河、蘇冉以交換學生的名義進入思薇短暫就讀，也和原本就是思薇學生的尤里會合，一塊兒暗中查訪線索。

在那裡，一刻他們結識了尤里的青梅竹馬，花千穗，以及花千穗最要好的朋友，陳筱圓。

然而誰也沒有想到，原來瘴竟是寄宿在嫉妒著好友的陳筱圓身上！

就是這份失衡引來了瘴，進而在思薇引發出一連串事件。

即使一刻等人最終消滅了瘴，但花千穗的心中仍對思薇留下了莫名的排斥。

於是沒多久，她便與尤里一同轉來利英高中，重新展開高中生活。

並沒發現一刻的打量，花千穗細心地替尤里將衣物摺好，偶爾對尤里露出淡淡的微笑。

每當這時，尤里就會抓抓頭，回以傻氣的笑；而見到尤里對自己笑，花千穗的眼眸變得更溫柔。

一刻看不下去了，他抖抖浮起的雞皮疙瘩，覺得再盯著看，就要被那份純愛氣場閃瞎了。

尤里有沒有自覺不說，但花千穗對尤里的心意，是絕絕對對能肯定的事。

套句喜鵲曾說過的話：如果有女孩子不求回報天天替某人做飯，她不是某人的老婆就是女朋友。

「需要墨鏡嗎？我有準備。」一道清冷的女聲落下。

一刻轉頭，看見蘇染就站在床邊，似乎已經整理完畢。

「妳東西未免也帶得太齊全了吧？」一刻坐起身子，目光瞥至沙發，瞬間緊皺眉頭，「等一下，我的東西呢？爲啥全不見了？」

「行李嗎？」蘇染跟著回頭，看向那張如今已空無一物的沙發，「幫你整理完了。」

「在你盯著尤里他們的時候。」蘇冉也走了過來，將最後一句話接下去。

「拜託……你們是老媽子嗎？」一刻白了兩姊弟一眼，「不過，謝了。」

雖然一刻最後一句說得小聲，但戴著眼鏡的少女和戴著耳機的少年仍聽見了，兩雙相似的藍眼不約而同地注入笑意。

「不過也別把我當笨蛋。」一刻驀然扔出了這句，他瞇細眼神銳利的眼。

蘇氏姊弟對視一眼，隨即再有默契地轉頭望著一刻，等他說出接下來的話。

「你們事前就全計畫好了吧？蘇染、蘇冉。」一刻挑起眉，「否則最好一切這麼剛好。」

蘇染沒提出反駁，她拉了一旁的椅子坐下，然後慢條斯理地從口袋拿出本黑色小冊子。

「昨天和蘇冉一起打了十二通電話，但你不答應，所以很明顯地，得換個方法遊說你。」

她輕推一下其實沒有度數的平光眼鏡，「我們撥的電話你有極大機率不接。就算打家裡市話，你可能接了就掛。不過換作尤里的話，你不至於馬上掛斷，只是不答應的機率同樣高。」

「既然如此，就只能間接從莉奈姊身上下手。今天是星期六，你們都在家，如果她知道我們找你一起出門旅行一定會很開心，並且有極高可能強制你參加。事實證明，一切都在算計之中。如何，還有疑問嗎？」

「……幹，我開始後悔幹嘛要問妳了。」一刻抹了把臉，「什麼都算好了，蘇染妳果然不是人類吧？」

「不，我是如假包換的人類。」蘇染俐落地闔上那本越來越神祕的小冊子，「附帶一提，『邀請一刻出門遊玩計畫』全程由我擬定。」

「我執行。」蘇冉就算戴著耳機聽音樂，還是有辦法不漏掉任何一句話，接著他又伸手比向房間另一端的尤里，「他協助。」

「協助？協助什麼？」尤里碰巧聽見蘇冉說的最後兩個字，好奇地望了過來。

「那個鬼邀請計畫。」一刻面無表情地說。

尤里愣了一下，隨即「啊哈哈哈」地傻笑，「被你看穿了啊，一刻大哥，可是難得有一起出來玩的機會嘛。而且小千和我也是第一次跟這麼多人出門玩呢。」

「……老子還不是一樣。」一刻這句話說得非常輕，只有耳力比常人敏銳的蘇冉才捕捉到，其他人只見到他的嘴唇似乎動了一下。

蘇冉垂下眼，他在蘇染的手臂上不著痕跡地寫了幾個字。

蘇染的神情平靜無波，唯有一雙淺藍眸子閃過某種情緒。

「一刻大哥？」見一刻沒對自己的話做出反應，尤里忍不住有些擔心。

「是否造成你的困擾？」花千穗語帶遲疑地問。

一刻瞬間回神，「沒事，什麼事也沒有，我也不覺得困擾。」停了一下，一刻還是費力地將卡在喉嚨裡的話擠了出來，「呃……我很高興，眞的。」

他不願意讓尤里和花千穗覺得自己做了不該做的事，所以即使他不擅長，仍設法表達出他的內心想法。

只不過剛說完這句，白髮少年又重新回復原先的稜角。他眼神凶惡，語氣更稱得上不耐煩，「要去哪裡你們自己先去，我要補眠，誰吵我就走著瞧。」

扔下這串威脅的話語，他眞的身體一翻，拉過棉被一角，雙眼直接閉了起來，擺明不想受人干擾。

但是這模樣看在他人眼中，反倒更像在掩飾他的難爲情。

蘇染朝尤里他們投去一個眼神。

尤里立刻會意，笑咪咪地說，「一刻大哥，那我和小千去逛逛喔，有事打手機聯絡。」

一刻連轉身也懶，只隨意地發出個單音，表示自己聽見了。

「小千，妳有想要到哪裡嗎？」

「都可以，尤里你決定就好。」

「那我們先去街上逛好了。嘿嘿，來的時候我看見不少好吃的東西呢。」

「那就整條街都吃過一次？我陪你。」

隨著關門聲響起，尤里和花千穗的交談逐漸遠去，很快便聽不見了。

一刻忍不住想在心中吐槽：整條街都吃過一次？花千穗這是餵人還是餵豬啊。

沒有了說話聲，房內頓時變得格外安靜。

一刻閉著眼躺在床上，覺得在這種靜謐的氣氛下，自己真的很可能會睡著，不用擔心織女會突然出現，也沒有人吵……不對！

一刻猛地睜眼，飛快望向床邊沙發的位置。

在沙發的兩端各據著一抹人影——綁著兩條細長辮子的清麗少女低頭看書，戴著耳機的俊美少年垂眼聆聽著音樂。

「你們兩個怎麼還在？」一刻皺緊眉頭，完全就是一副趕人的態度，「我說過了吧？我要在這裡補眠。」

「我們有聽見。」蘇染從書中抬起藍色的眸子，「你儘管睡，我們不會吵到你。」

一刻瞪著那雙色素偏淡的藍眼睛，後者絲毫沒有退縮地移開目光。

最後反倒是一刻自己如同負氣般倒回床上，他惱怒地說了一句「隨便你們」就側過身，背對坐在沙發上的青梅竹馬。

房內再次回復安靜，偶爾才傳來書頁翻動的聲音。

不論是蘇染或蘇冉，他們真的就只是靜靜地做自己的事，誰也沒有出聲驚擾一刻。

床上的一刻雖然閉著眼，但可沒睡著。明明房內確實沒有多餘的聲響，可他卻感到心中的煩躁在不斷滋長。他的眉頭越皺越緊、越皺越緊——

他睜開雙眼，終於忍無可忍地翻身坐起。

「啊啊！我知道了！我他媽的不睡總行了吧？蘇染、蘇冉，我跟你們去逛那該死的街！」

宛若同個模子印出來的少年和少女同時看向他，一刻可以發誓，他在那兩雙藍眼睛裡看見一絲得逞的笑意。

馬的，這對姊弟根本是來剋他的對吧！

□

「湖水鎮，以擁有眾多湖泊而聞名，其中最大的湖名爲『澄湖』。湖水清澄碧綠，不論晴雨各有風情，假日總會吸引諸多遊客前來遊湖，是這座小鎮最大的特色。至於湖水鎮的風味小吃，當然是湖裡出產的……」

「這樣就夠了，拜託妳不要再導覽下去了，蘇染。」一刻對這種說明介紹向來感到頭痛，他揮手打斷蘇染的話，「妳是把整本旅遊雜誌都背下來了不成？」

「不，其實我背了十本。」蘇染回答。

一刻瞄了青梅竹馬一眼，覺得對方並沒有在開玩笑。

離開旅館房間，一刻等人沒前往最負盛名的澄湖，直接逛進附近的街道——就算沒去，一刻也知道此刻的澄湖恐怕是塞爆了。別說賞湖，大概只能賞一堆黑壓壓的人頭吧。

由於是觀光小鎮，街上的店家大多是販售著紀念品、土產或是小吃。碰上假日，每間商店幾乎都充斥著遊客，一片吵吵嚷嚷。

除此之外，一刻還注意到街上有一些穿著制服的學生。湖水藍的上衣搭上灰色短裙或長褲，這樣的穿著在各色便服中反而格外顯眼。

是來這戶外教學的學生嗎？一刻暗忖，但又覺得不太像。

「他們是當地學生。」蘇染忽然開口。

一刻對蘇染簡直像能看穿他內心的敏銳觀察力已見怪不怪。

「妳怎麼知道？」他揚眉問道。

「他們的制服上繡有『湖水高中』四個字。湖水鎮、湖水高中，我猜這很明顯。」

「他們的學校在辦園遊會，今天才穿著制服。」接在蘇染之後，換蘇冉說話。

一刻卻沒有問他如何得知，尤其在他戴著耳機且四周吵鬧不已的情況下。

蘇冉「聽得見」──這名寡言的少年擁有靈感，能聽見一般人聽不見的聲音。即使是尋常的細微聲音，他也可以輕易捕捉到。

事實上，不單蘇冉擁有靈感，蘇染也有，她「看得見」。

一刻又多看了那群湖水高中的學生兩眼，他的眼神不帶任何含義，僅純粹掃過。然而他不知道的是，他那天生銳利凶狠的視線、嚇人的外表──白髮、掛在雙耳上的多個耳環──瞬間就讓幾名察覺到視線的學生白了臉，僵住身子，以爲自己被不良少年盯上。

「我們繼續往前走吧，一刻。」蘇染輕推了一刻一把，同時也間接解救那幾名誤以爲自己招惹到麻煩的學生。

一刻依言前進，他無聊地東張西望，彷彿沒瞧見周遭遊客對他投來的忌憚目光，也可能是直接視若無睹。

即使街上的觀光客多如牛毛，但是一刻、蘇氏姊弟的三人組合依舊格外引人注目。除了一刻張揚的白髮和難以接近的凶暴氣勢，蘇染他們的藍眼以及相似得不可思議的俊麗外表，也是吸引人偷覷的主因。

一刻很快就對重複性質高的商店失去了興趣，他索然無味地停下腳步。正當打算問蘇染有沒有其他地方可以去的時候，他聽見從後方傳來了一道呼喊的聲音。

「喂！前面那兩個，等一下！」

一刻不以爲意，他不認得那道聲音，也不覺得對方口中喊的「前面那兩個」跟他們有關，畢竟街上的行人多得是。

可是沒想到他剛一邁步，聲音再度響了起來，這次還注入不滿的意味。

「喂！就是你們呀，白毛和戴耳機的！你們是沒聽人講話嗎？」

一刻反射性地東張西望，想找出除了他和蘇冉以外，是否還有人也是染著一頭白髮與戴著耳機。

至於蘇冉，則是完全無動於衷。

發現白頭髮的那位還算有點反應——雖然全然沒注意到自己——於是那年輕女孩的聲音再度拔高音量，乾脆直接只針對對方。

「別看別人，就是在叫你啦！白毛、白毛、白毛，你到底要不要轉頭，你這耳背白——」

「白妳老木！老子白毛干妳屁事！」不等對方喊完，一刻已火大地回過頭，一雙眼凶戾得像是要將人生吞活剝。

幾乎剎那間，原本還吵嚷不已的四周化爲死寂，眾人都被那聲破口大罵嚇住了，望向一刻的眼神滿是驚疑不安。

更不用說那名當事人了。

那原來是一名坐在人行道欄杆上的可愛女孩，她身上穿著湖水高中的制服，蓬鬆鬈翹的頭髮貼著臉頰，此刻一雙圓滾滾如同小鹿的眸子布滿驚嚇，薄薄的霧氣似乎很快就會聚集成淚珠落下。

一看見對方只是名嬌小無害的女孩，一刻也愣住了，而那張看起來隨時會哭出來的可愛臉蛋，頓時更是令他有些手足無措。

雖然外表凶暴嚇人，但一刻對可愛的人事物向來缺乏抵抗力。眼前像是小動物似的女孩，不偏不倚就歸在「可愛」的範圍裡。

「靠，不是眞的要哭了吧……」一刻呻吟一聲，連忙朝身旁的蘇氏姊弟投以求助的目光。

要是眞的當街弄哭女孩子，實在太丟臉了。

「放著不用管？」蘇染輕推下眼鏡，吐出的卻是稍嫌冷淡的處理方式。

「不用管，直接離開？」蘇冉這回難得吐出比蘇染還長的句子，可是方法和蘇染根本如出一轍。

一刻黑了臉，覺得他們倆有說跟沒說差不多。

但出人意料地，一聽見外表相似的少年和少女這麼說，坐在欄杆上的鬈髮女孩卻是慌慌張張地開了口，「等一下，你們不會眞的丟下一個快哭出來的女孩子不管吧？這樣未免太沒同情心了，好歹也要請我喝個飲料或吃個冰嘛！其實我很好安慰的呀！」

一刻啞口無言，他忽然覺得自己或許應該採納蘇染他們的辦法。

「很高興你能贊同我們的意見，既然如此，那我們就走吧。」也不知蘇染又是怎麼看出一刻的想法，她勾住一刻的手臂，動作俐落地將人拉走。

穿著制服的鬈髮女孩瞪大眼，像是不敢相信他們真的就這樣轉身離開。

但就在下一刻，她又看見那名白髮少年停住腳步，隨後大步走了回來。

他在她的面前站定，用著不耐煩卻又認命的聲音說，「請吃冰可以吧？」

女孩呆了一下，開心地破涕爲笑。

事情究竟怎麼會演變成如此，一刻比任何人都還想知道。

原本應該在湖水鎮閒逛的他、蘇染和蘇冉，現在卻和一名連名字也不知道的陌生女孩坐在一家冰店裡。

而那名穿著制服的女孩，眼下正高高興興地吃著免費的刨冰——由一刻掏腰包。

事情的起因要推到十分鐘前，這名鬈髮女孩不知爲何在街上喊住了一刻，卻又被一刻凶惡的態度嚇得快哭出來。

本來一刻不想多加理會——莫名其妙被搭訕的可是他——但最後不知怎麼了，還是請了一碗冰當作補償。

「你看起來很困惑，一刻。」坐在一刻身旁的蘇染留意到他的神情，她用只有他們彼此能聽見的音量問。

「我只是在想我幹嘛沒事浪費自己的錢？」一刻壓低聲音，沒有多加隱瞞。

「其實答案很簡單。」蘇染掏出她那本一定隨身攜帶的黑色小冊子，翻了幾頁後便停住，「因爲你覺得那女孩有點像你前天抓到的綿羊娃娃吧。」

聞言，一刻不禁回想起自己前天抓到的那隻綿羊玩偶。蓬鬆的白毛、圓圓的眼睛……他忍不住再瞄向埋頭吃冰的女孩，確實有幾分類似。

「原來是這個原因，怪不得我……」一刻忽然停下話，飛快收回逗留在女孩身上的視線，改爲驚悚地瞪著自己的青梅竹馬，「幹，爲什麼妳連我前天去抓什麼娃娃也知道？我那時候明明是一個人去的吧？」

「當然是織女告訴我的。放心好了，一刻，我還不至於半夜潛入你的房間偷窺。」蘇染嚴肅認眞地說，「夜襲這種事，我會等滿十八歲再來考慮。」

「拜託妳絕對不要考慮。」一刻無力地嘆氣，對於好友的獨特幽默越來越沒有招架之力。

蘇染微蹙眉頭，她抬眼看向自己的孿生弟弟，鏡片後的藍眼睛朝他傳遞出唯有他們雙子方能明白的訊息——我的態度不夠認眞？

蘇冉用眼神斬釘截鐵地回覆——一定不夠！

渾然沒發覺隔壁位置的少年正和對面的少女以眼神溝通，專心吃著冰的鬈髮女孩終於在盤子見底的時候放下湯匙。

她滿足地呼出一口氣，接著眉開眼笑地雙手合掌，「感謝招待啦！」

「吃完就可以說了吧？」一刻沒耐性地敲敲桌子，「妳沒事在路上叫住老子做什麼？還有，妳到底是誰？」

「咦咦咦？我還沒自我介紹嗎？」鬈髮女孩大吃一驚，她看了看對面的一刻和蘇染，再望望身旁的蘇冉，這才確定自己真的完全忘記報上名字。她吐吐舌，像是覺得尷尬地縮下肩膀，接著重新直起背脊。

「向各位報告。」女孩正經八百地比出一個敬禮的手勢，「蔚可可，湖水高中一年級，目前誠徵男友中，順便幫我哥找女友。」

一刻沉默，然後他毫不猶豫地站起身。

幹！所以他是真的遇上神經病了，對吧？

「喂喂，等一下啦！好歹聽我把全部的話講完啦！」一發現和自己同桌的三人居然同時離開座位，擺明就是不想再留下，蔚可可急忙抓住一刻的手臂，語氣慌張地嚷道：「人家是真的有問題想問啦！你們是利英高中的學生對不對？就那個潭雅市的利英高中！」

一刻愣住，就連蘇染和蘇冉也罕見地流露出瞬間的怔愣。

在沒穿著制服、也沒有佩戴任何能看出學校名字物品的情況下，爲什麼這個叫「蔚可可」的女孩子有辦法知道他們是利英高中的學生？

「妳是怎麼知道的？先回答老子的問題。」一刻坐回椅子上，陰沉著一張臉，尖銳的目光宛如要刺穿對方。

「所以你們三個都是囉？我眞幸運耶！」蔚可可喜孜孜地露出微笑，但一瞧見一刻的眼神，她趕緊解釋，就怕又惹得他們不高興，「我這就要說了，是你們剛剛太快……哇！不好意思，我馬上說！現在說！」

蔚可可覺得一刻的眼神很嚇人，但另一對雙胞胎盯著她的視線更可怕。她手忙腳亂地從口袋裡找出手機，只見她按了幾個鍵，隨後就將手機擺在桌上，讓其他三人都可以清楚地看見她的螢幕圖案。

手機螢幕上顯示一張照片，照片裡是兩名穿著相同服裝的少年。

白上衣、藍領帶再加上蒼藍長褲，那分明就是利英高中的制服！

然而眞正教一刻等人吃驚的，卻不是那套屬於他們學校的制服，而是照片中的兩名少年。

照片很明顯是偷拍的，因爲誰也沒有看向鏡頭，但仍舊完整地將他們的模樣捕捉下來。

其中靠左側的少年相貌秀麗，梳綁著一頭長馬尾，唇邊含著溫和的笑，舉手投足散發著優雅的氣質。

至於居右的少年則是戴著耳機，一雙藍色眼睛異常醒目——赫然就是蘇冉！

「我操！這是怎麼回事？」一刻奪過手機，吊高的雙眼凶狠凌厲，「為什麼妳會有蘇冉和夏墨河的照片？」

原來照片裡的另一人不是別人，正是這次旅行有事不能參加的夏墨河。

一刻從來沒想到有一天竟會在陌生人的手機裡看見自己朋友的照片。

蔚可可被一刻的氣勢駭住，但下一秒便從他的話裡得知了一件事。

「你認識這個綁馬尾的？」蔚可可眼露驚喜，一時間忘記畏怕，「欸欸，他是叫蘇冉還是夏墨河？到底是哪一個？是蘇冉還是夏墨河？」

「夏墨河。」吐出這三個字的人不是一刻、不是蘇冉，而是蘇染。

綁著長辮的少女趁著一刻和蔚可可都轉頭望向她的時候，順手拿過手機，隨即按下刪除鍵，將那張有著兩名少年的照片刪去。

蔚可可傻愣愣地瞪著蘇染，後者神情沉靜地將手機還給她。

「蘇冉是我弟。」蘇染說，「他不喜歡被人偷拍。還有，你們太引人注目了。」

就像蘇染所說的，冰店裡的老闆和客人正盯著引發騷動的他們這桌不放。但是一發現一刻轉過頭，所有人又迅速地挪開視線，裝作什麼事也沒發生。

「嘖……」一刻耙了耙頭髮，重新坐下。

見狀，因為激動而站起的蔚可可也跟著坐回位子上。雖然心疼自己的照片被人刪掉，可是她也明白自己沒立場指責對方，畢竟刪除照片的人是當事人之一的姊姊。

「好可惜喔……」蔚可可哀怨地蹭著自己的手機，「人家的王子……」

「啊？」一刻瞬間懷疑自己是不是聽錯了，他剛有聽到「王子」兩字嗎？「妳在說誰？」

「當然是指夏墨河啊！蘇冉雖然也長得很帥……」蔚可可瞄了身旁的藍眼少年一眼，「不過他不是我喜歡的類型。」

喜歡的類型？王子？一刻錯愕地瞪著對面舉止有點無厘頭的可愛女孩，他又不是笨蛋，不至於在這種線索明顯的情況下還猜不出眞相。

問題是那個眞相……未免也太離譜了吧？

「喂喂，不是這樣的吧？別跟我說妳是對夏墨河……」

「沒錯，就是那樣呢！」蔚可可猛地來了精神，她坐直身體，雙眼發亮，白嫩的臉蛋上閃動著炫目的神采，「鄭重向各位報告，我，蔚可可，對夏墨河一見鍾情了！」

第三針

蔚可可覺得這其實沒什麼好大驚小怪的。

一見鍾情這種事又不是只會在漫畫、小說中出現，現實中當然也有可能發生。

自從從就讀思薇女中的朋友那偶然得到了夏墨河的照片，她就一直對那名氣質優雅的少年念念不忘。沒想到今天竟眞的讓她誤打誤撞碰上了夏墨河的朋友們——

蘇染、蘇冉、還有宮一刻。

「嘿。」留著蓬鬆鬈髮的女孩沿著紅磚步道排列的矮木樁上跳下來，她轉過身，雙手揹後，改用倒著走的方式面對眼前三人，「我說啊，你們的表情好歹開心點嘛，我這個本地人可是要帶你們去觀光客都不知道的好地方呢！」

「……老子的表情天生就是這德性。」一刻瞥了認識不到兩個小時的蔚可可一眼。

一得知他們認識夏墨河之後，這名無厘頭又有點天兵的丫頭就死纏上他們，還自告奮勇說要帶他們欣賞只有當地人才知道的美景。

一刻大可以不甩她，但他對於可愛的東西或可愛的人一向都缺乏那麼點抵抗力。

「欸？既然是天生顏面神經失調，那就沒辦法了。」蔚可可作出了令人哭笑不得的結論。她又一個轉身，靈巧地踏上木樁，改和一刻他們並肩同行，同時也能更仔細地觀察他們。

蔚可可的目光快速地瞥過落後一步的蘇染和蘇冉，她還是第一次見到混血兒的雙胞胎，不過他們的氣質和夏墨河很接近，三人走在一塊一點也不突兀。

而說到突兀……

蔚可可偷偷地瞄向身旁的一刻，從對方一副不良少年的外表來看，真的很難想像他會是夏墨河的朋友……

「喂。」一刻忽然喊了一聲。

蔚可可慢半拍才反應到對方是在喊自己。

「不是喂，是蔚可可啦！」她不高興地皺皺鼻子。

「妳到底要帶我們去哪裡？」一刻無視她的抗議，直接問出他想知道答案的問題。

雖然腳下的紅磚步道一路朝前延伸，但四周景色漸漸變得冷清，路上也沒瞧見什麼人，他們離鎮中心越來越遠了。

「剛說了啦，是好地方嘛！」蔚可可笑嘻嘻地說，可是在瞧見一刻銳利中透著凶狠的視線後，她吐吐舌頭，「好啦好啦，我先說就是了。你們到這玩，一定有打算要去澄湖吧？告訴你們，不要去，絕對不要去那個地方！」

「啊？」一刻錯愕地看著蔚可可。

「拜託，那裡才不是我們這最美的景點，只不過大了一些而已。」蔚可可揮動著手臂，強烈地表達她的不滿，「我們湖水鎮第一湖是淨湖才對，那邊同時也是澄湖的源頭！所以你們要感謝我才對呢，沒有我，你們絕不可能會知道這個好地方的……啊，就在前面！拐個彎就能看到了！」

聽著蔚可可語氣裡最後的得意，一刻只想翻白眼。話都是她在說，明明就是她死纏著把他們拉來的。

「不過那個源頭，又是怎麼回事？」一刻問著斜後方的蘇染。

「聽說這裡的湖泊其實地下都是相連的。」蘇染果然有答案，「看來確實是這麼回事。」

「喂，你們在說什麼？走快點啦，淨湖就要到了耶！」比一刻他們還快一步走到前方的蔚可可回過頭，心急地高聲催促著。

一刻嘆口氣，到現在還是忍不住懷疑跟著蔚可可究竟是對是錯。他望了身後的蘇氏姊弟一眼，隨後跨大腳步，趕上前方的蔚可可。

當一刻他們站在蔚可可身旁時，這一瞬間，他們不禁屏住氣，一時幾乎忘了怎麼呼吸——因爲眼前的美景。

一泓美麗的碧色就靜靜地在下方展開，四周環山，翠墨的山影清晰地倒映在湖面上，襯著金燦的日光，湖面乍看下有如一瓣會發光的碧綠鱗片，美不勝收，教人遲遲移不開目光。

「各位客人，如何啊？」蔚可可挺起胸膛，手臂一揮，白嫩的臉蛋上有著毫不掩飾的得意和驕傲，「我沒有騙你們吧？淨湖才是我們湖水鎮最美麗的湖！」

「確實是……」一刻有些說不出話來了，只能怔怔地讓面前的美景征服自己。

蘇染和蘇冉同時拿出手機拍照。

突然間，蘇染的動作停下了。

這名戴著眼鏡的清麗少女移開手機，鏡片後的淺藍眸子瞇細，像在凝望著某個特定點。

身爲她的孿生兄弟，蘇冉自然也留意到她這細微但透著些許異樣的動作。

「蘇染？」他輕聲問，簡短兩字包含著唯有彼此方能懂得的含義——蘇染，妳「看見」什麼了嗎？

蘇染沒有馬上回應，她摘下眼鏡，讓所有景物毫無阻隔地收納至眼內。

在最遠處的湖畔，隱約有著模糊的白色人形！

那是什麼？

「這裡曾發生什麼事嗎？」蘇染戴回眼鏡，飛快地問。

「爲、爲什麼妳會……」蔚可可大感震驚，殊不知她的反應就是最好的證明。

然而她的話才說到一半，一刻卻猛然有了動作。

沒有任何預警，染著一頭張揚白髮的少年快步地衝下下坡，直往某處奔去。

僅僅相隔一瞬，蘇染和蘇冉也立刻有了動作，他們緊追在一刻身後。

「什……等一下！喂，你們怎麼了？等一下啦！」無端被留下的蔚可可感到錯愕，她一頭霧水地跺跺腳，只能別無選擇地也追了上去。

也不管自己的行爲是不是太過突如其來，一刻只想證明自己眞的沒眼花看錯，他剛確實瞄見了一抹人影。

而那抹人影，現在就在前方不遠處，獨自佇立在湖岸邊。

對方是名纖瘦的長髮少女，烏黑的髮絲沒有任何綁束，隨同潔白的裙角不時被風吹動。

少女似乎沒注意到有人接近，她雙眼直視湖心，白皙的側臉秀麗優雅，卻罩著淡淡憂鬱。

直到一刻在她的身旁站定，她才終於驚覺到這地方原來還有其他人的存在。她訝異地轉過頭，隨後雙眸愕然大睜。

在她開口說出任何一句話之前，一刻比她快一步出聲。

「夏墨河？」

「一刻同學？」

少女，不，實際上是男兒身的夏墨河一臉吃驚，他就像難以相信地看著一刻，接著目光越過對方，望向也追上來的蘇染和蘇冉，「連蘇同學你們也……」

夏墨河吞下了剩餘的疑問，他的視線定在更後方、氣喘吁吁跑來的陌生女孩身上。

女孩一身湖水色制服、髮絲蓬鬆鬈翹，雙頰因爲激烈地奔跑而布滿紅暈。

「呼哈……呼哈……」蔚可可跑得上氣不接下氣。

一刻就算了，她沒想到連外表斯文的蘇氏姊弟也跑得那麼快，一下就把她甩在後頭。幸虧一刻的白髮簡直就是最佳的辨識目標，讓她不至於找不到人。

稍微調整著呼吸，蔚可可拍拍胸口，正想質問一刻他們為何突然衝來，她的雙眼看見了夏墨河。

今日的夏墨河穿著一襲白色雪紡長裙，上半身罩了件米白色小外套，加上長髮垂散，雖然和平時的打扮風格稍有不同，但依舊典雅秀麗，甚至更添一絲恬靜的氣質。

在看見夏墨河的臉後，蔚可可的表情就呆住了。她傻愣愣地直瞪著對方，渾然沒發現自己的視線像要在對方臉上燒出一個洞。

即使被陌生女孩失禮地盯著，夏墨河還是掛著溫和親切的微笑，「一刻同學，這位是？」

「喔，她叫蔚可可，本地人，說什麼對你……」話說到一半，一刻倏然想起什麼地咬住聲音。靠！蔚可可根本還不知道夏墨河是個僞娘吧？卻偏偏就這樣讓他們倆見了面……現在硬拗還來得及嗎？

「一刻同學？」渾然不知一刻此時糾結的心思，夏墨河困惑地望望一刻，再望望顯然懶得給提示的蘇染他們。當他的視線對上蔚可可時，只聞後者喃喃地低唸出自己的名字，緊接著她竟猝不及防地跨步上前，大力地抓住了他的雙手。

「夏墨河……」蔚可可的眼眸乍然放光，「妳一定是夏墨河的姊姊或妹妹對不對！」

「咦？」夏墨河難得愣住，「請問妳是……」

「一定是的，絕對是的嘛！」沒注意到夏墨河的疑惑，蔚可可的臉上閃動光彩，她興奮不已地綻露笑容，「因為你們超像，眞的超好認的！哪哪，妳是夏墨河的姊姊還是妹妹？夏墨河有和妳一起來嗎？拜託介紹他給我認識好不好？好不好？」

「好妳媽啦！」一刻被蔚可可喋喋不休的攻勢弄得頭都痛了，他直接扯開蔚可可，在她不死心又想黏上來的時候，給了她一記戾氣四溢的眼神，頓時嚇得她迅速收手，只能哀怨地瞅著妨礙她和王子家人增進感情的一刻。

「好過分，太過分……干擾人談戀愛會被馬踢的啦……」蔚可可癟嘴抗議。

「呃，戀愛？」夏墨河終於有機會插話，他至今還是一頭霧水，「有人可以告訴我是發生什麼事了嗎？如果有的話，我會很感激的。」

「總之就是……算了。喂，妳自己說，不准囉哩囉嗦廢話一堆！」一刻乾脆讓蔚可可自己解釋，同時也能讓夏墨河在聽完後自行判斷該怎麼應對。

「沒問題的！」一獲得說話的機會，蔚可可立即興高采烈地比出個標準的敬禮手勢，「報告墨河的姊姊，我是湖水高中一年級的蔚可可，叫我可可就行了。我對墨河一見鍾情，請務必答應將他介紹給我，我會抱持著最認眞的心情與他交往的！」

聽見這番可以說是莫名其妙的解釋，夏墨河的微笑卻沒有絲毫改變。他撩了一下髮絲，心平氣和地說：「是墨河的妹妹。」

「欸？」蔚可可睜大眼，包括一旁的一刻也瞪大眼看著口吐謊言的夏墨河。

這傢伙要硬拗了嗎？

「墨河是我哥哥，我的名字是夏墨荷，荷花的荷。」夏墨河笑盈盈地說道，三言兩語就替自己安了一個新身分，「能請問妳是怎麼認識我哥哥的呢？」

「是照片呢！」蔚可可獻寶似地掏出手機，只不過剛想調出照片，才猛然想起自己那張寶貝照片已經被蘇染刪除了，「啊，但是被刪了……反正就是我在思薇的朋友傳給我的，我一見到墨河就喜歡上了！」

看著眼前精神百倍的鬈髮女孩，夏墨河暗暗在心底苦笑，他可沒想到會無緣無故招惹上這種麻煩事。

「抱歉，我沒想到會在這兒遇上你。」一刻低聲對夏墨河說，他覺得這事的責任得算在他身上。如果一開始照蘇染他們說的不理睬對方，之後也不會演變成這種令人哭笑不得的發展。

「不，這種事誰也料想不到。」夏墨河微微一笑，不讓一刻自責，他很快又轉回視線。

蔚可可沒聽清他們倆的對話，只是眨巴著圓圓的眸子，滿心期待地望著對方。

「我哥沒有到這來，今天只有我。」夏墨河柔聲地說。

「咦？」蔚可可的期望登時轉為失望，可愛的臉蛋也暗了下來，感覺就像被潑了盆冷水。一刻以為蔚可可會就這樣放棄繼續纏著他們，沒想到下一瞬間她雙眼又亮了，彷彿先前的沮喪完全是假象。

「墨河沒來也沒關係，墨荷……唔，你們的名字唸起來是一樣的音，我直接叫妳小荷好不好？」也不等人回答，蔚可可就已用著這親暱的稱呼喊著夏墨河，「小荷，沒想到妳也會知道這裡，就讓我來當大家的嚮導，帶你們遊淨湖一圈吧！淨湖的大小事和傳說我全都一清二楚，所以有問題儘管問我！」

「我有問題。」蘇染倏地開口，聲音清冷，「剛剛的問題，妳還沒有回答我。」

「剛剛的問題……」蔚可可像是一時想不起來，她茫然地眨眨眼睛。

「這裡是不是發生過什麼事？」蘇染平靜地又問了一次，「不好的事。」

「什……」蔚可可的臉色驟然大變，甚至開始有些手足無措。她異常的反應吸引了一刻和蘇冉的注意力，以至於誰也沒有留意到夏墨河溫和的眼神瞬間一變。

「妳怎麼會知……不、不對，才沒有發生什麼不好的事呢！」蔚可可連忙反駁，但所有人都清楚聽見她沒說完的前半句話，那就是一項最有力的證據。

這裡，這座異常美麗的湖泊確實曾發生不好的事。

「蘇染，為什麼妳知道？雜誌會寫這種資訊嗎？」一刻皺著眉問。可是在他問出話的同時，便已反應到那根本不可能。絕不會有旅遊雜誌在介紹景點時，還一併做出負面報導。

更何況，這座淨湖還是只有當地人才知曉的地方。

既然如此，蘇染又是如何得知這裡曾發生不好的事？難道說……

一刻霍然想通，但弄清楚原因的卻不僅僅他一人，還有——

「蘇染，妳看到什麼了嗎？」夏墨河奇快無比地抓住蘇染的手腕，素來親切的眼神早已消失，取而代之的是一種急切的凌厲，他的眼神簡直像燃上火，「告訴我，蘇染！」

「夏墨河你先冷靜一點！」一刻第一次看見夏墨河情緒失控，他連忙想拉開對方抓著蘇染的手，卻沒想到夏墨河的手勁大得非比尋常，死死不肯放開。

這下一刻也惱火了，他一把扯住夏墨河的衣領，厲聲警告，「你再不放開蘇染，就別怪老子不客氣了！」

夏墨河像是被一刻眼中的凶狠震懾住，無意識地鬆開扣住蘇染的手指，有些茫然地回望著一刻，彷彿不知道自己剛剛做了什麼。

手腕一被鬆開，蘇染立刻抽回手。雖然她冷淡的表情沒有什麼變化，然而從留在她腕上的指印，就可以看出夏墨河先前的手勁有多大。

「幫妳揍他？」蘇冉也看見那圈指印了，他安靜地問。

「不，別讓一刻動手。」蘇染撫著手腕，輕輕地搖搖頭，目光沒離開一刻和夏墨河身上。

一刻的手還抓著夏墨河的衣領，後者仍舊眼帶茫然。

這一幕落入蔚可可眼中，不管怎麼看就是不良少年在威嚇一名美少女，更不用說那名美少女還是她喜歡對象的妹妹！

蔚可可從驚嚇中回過神，她慌張地一把抱住一刻的手臂，「快住手！對女孩子使用暴力的人只會變成混帳！」

「女孩子？」

一刻和夏墨河同時轉過頭，兩人直勾勾地盯著蔚可可，盯得她都有些不自在起來。

「對啊，我有說錯嗎？」但她隨即挺起胸膛，抬高下巴，「宮一刻，你現在這樣不叫欺負女孩子叫什麼？虧你還請我吃冰，我還以為你是好人呢！」

「……幹，沒事別亂發我卡。」一刻放開夏墨河，被蔚可可這麼一鬧，他的火氣頓時也消了大半。況且，他也不是真的看不出來夏墨河並不是故意的。

夏墨河自己似乎也尋回了冷靜，他深吸一口氣，讓自己的情緒更穩定些，接著他向蘇染低頭致歉，「真的很抱歉，蘇染同學，是我太唐突了。」

「我不會放在心上。」蘇染向前走上一步，她靠近夏墨河，用著彼此才能聽見的音量說：「我不知道你希望我看到什麼，但我只有看到像是白霧的影子，在剛剛而已，現在則是什麼也沒看見。」

夏墨河怔立原地，看著藍眼少女又退了回去。他分不清自己的心情是失望或是鬆了口氣，他原本還以為擁有靈感的蘇染是看見了……

「小荷?小荷，妳怎麼了?妳還好嗎?」蔚可可擔憂地在夏墨河的眼前揮揮手。

「不，什麼事也沒有。」夏墨河這次馬上就回過神，他斂起所有激動情緒的痕跡，秀麗的臉孔上重新漾起溫和親切的微笑，宛若什麼事也不曾發生，「還請妳別在意，蔚同學。」

「哎，就說直接叫我可可嘛!」眼見夏墨河只是笑而不語，蔚可可只好放棄再糾正對方對自己的稱呼，她半信半疑地盯著那張笑容滿面的漂亮臉蛋，「妳真的沒事?」

「他沒事，整叢好好，沒缺手也沒斷腳。」一刻大手一揮，打斷蔚可可的追問。他當然看得出來夏墨河有事瞞著，但說不說是人家的自由。他乾脆把話題扯回來，也就是蘇染原本問的問題。

「所以這裡眞的曾出過什麼事?妳帶我們來看一座有問題的湖?」一刻的語氣不自覺中添上一絲粗暴。

他知道蔚可可也許只是單純帶他們來欣賞美景，可是一旦這地方眞的有問題，那麼對蘇染和蘇冉來說，別說是欣賞了，恐怕得被迫「看見」和「聽見」令人不愉快的事物。

「我……」蔚可可張著嘴，像是一時不知道該怎麼反駁一刻咄咄逼人的態度。可是很快地，這名女孩就氣惱地瞪圓本來就很圓的眸子，她跺跺腳，比一刻還激動地揮舞著手臂，「沒問題!淨湖才沒問題!就算在五年前的確出過事，但這裡可是有神明大人在，不可能會有任何問題的!」

「神明大人？」夏墨河的眼神在聽見「五年前」時閃了閃，不過他沒洩露出絲毫情緒，而是將重點放在另一個引人注目的字詞上。他瞥了一刻一眼，果然看見對方也露出訝然。

很顯然地，他們都是想到同一件事。

神明大人？這地方有眞正的神存在著嗎？

「沒錯，神明大人！」蔚可可的臉蛋上混合著驕傲與自豪，她伸手比向後方的美麗湖泊，「她是我們湖水鎭的守護神，雖然沒有廟也沒有神像，但是大家都知道所有的湖都是代表她。有她在，我們鎭上才會平安又繁榮。」

「有這種神嗎？」一刻低聲地問著夏墨河。他還以爲神明都應該是叫得出名字，廣爲人知的那種，就像現在寄居在他家的某位小蘿莉。

「或許是專屬於湖水鎭的信仰。有些不可思議的人事物，經長久流傳容易被神化。」夏墨河思索著回答，「像有些地方，也會將樹木、石頭當作當地的守護神。當然，這類的事問織女大人可能會更清楚一點。」

「問那個小鬼？」一刻翻了白眼，她不要先開口跟他說要吃這個、吃那個就很不錯了。

比起認知到織女是神，在一刻的心裡，她更只是一名任性嬌蠻的愛吃鬼小女孩。

「喂喂，你們可不要不相信，神明大人是眞的存在的！」蔚可可注意到一刻他們在竊竊私語，以爲他們是在懷疑她說的話，連忙又說道：「以前就曾聽人說他們看見了神明大人。對了，蘇染剛不是說有看見什麼嗎？說不定就是神明大人。」

就像覺得自己的猜測無誤，蔚可可綻露開心的笑容，「蘇染妳超幸運，神明大人一定也會守護妳的，就像她一直守護著我們鎮上所有人一樣呢。」

「那她爲何不在五年前阻止那件事？」有誰忽然這麼問。

蔚可可愣了一下，她轉過頭，眼神映入夏墨河溫和沉靜的笑顏，她不確定自己是不是聽錯了，「小荷，妳有說什麼嗎？」

「如果有守護神，爲何五年前她不……不，沒什麼。」夏墨河斂下眼睫，不讓人看清他雙眼裡浮現的是什麼心思。

蔚可可認眞地盯著夏墨河半晌，驀地，她笑顏再綻。

「我知道了，小荷妳一定是納悶有神明大人在，爲什麼淨湖還是會發生殺……呃，我是說不好的事。」發覺到自己險些說出嚇人的字眼，蔚可可趕緊改變說法。

然而一刻卻已經清楚地聽見了。

殺？難不成是殺人？

下一秒，蔚可可清脆的聲音又拉回一刻的注意力。

「但是鎮上沒人出事啊。」

一直給人活力充沛印象的女孩露出明亮的笑容，「神明大人守護了我們，所以出事的是外地人嘛。如果沒有神明大人在，說不定那時遭殃的就是我們鎮上的女孩子了。唔啊，這種事光想就覺得很恐怖，還好是大家都不認識的人，雖然那個人也是有點可憐啦。」

看著面前的女孩一副不以爲意的神色，一刻狠狠地皺緊眉頭，但他隨即留意到夏墨河竟不發一語地轉身離開。

這舉動格外反常。

「喂，夏墨河。」一刻一個箭步跟上，一掌按住他的肩膀。

「我只是想起臨時有事，一刻同學。」夏墨河回頭，臉上的微笑和往常無異。

「小荷？小荷，不是說好我要帶妳遊淨湖的嗎？」蔚可可也追了上來，「妳要去哪？」

「我有事要做，我自己一人就可以了。」夏墨河笑著給蔚可可一個軟釘子。

蔚可可吶吶地閉上嘴，即使夏墨河的態度溫和，卻清楚地表明了「拒絕」的訊息。

一刻還沒放開手，他認眞地盯著夏墨河。

「你實際上有事沒事我懶得管，不過有句話還是先跟你說清楚。」

白髮少年拉著夏墨河的肩，傾身上前，以著彼此才能聽見的音量說——

第四針

夏墨河沒有想到一刻說的話會一語成讖。

離開淨湖不久後，他也沒有特意前往哪處，就只是慢慢地走回鎮中心。他確實沒什麼事要做，但他沒辦法忍受——

再繼續留在那座湖畔，留在那個曾發生對他來說是場惡夢的地方。

「神明大人守護了我們，所以出事的是外地人嘛。」

「還好是大家都不認識的人，雖然那個人也是有點可憐啦。」

蔚可可無心卻又不以爲意的話語，刺得夏墨河差點失去理智。如果再多待一秒，他一定會情緒失控，他不知道自己會吐出多麼惡毒的語言。

而一刻或許正是看出這點，也或許他什麼也沒多想，才毫不阻止地讓他離開，最多就是送給他一句話。

夏墨河當時聽見的時候，心裡確實不由得地閃過一絲啼笑皆非的情緒。

——「你一個人走在路上，還是小心別被不長眼的傢伙搭訕。」

不過，現在他是一點也笑不出來了……

夏墨河暗暗在心中嘆息，也許就連一刻也不會想到，他隨口給予的警告竟會變成現實。

不過嚴格說起來，夏墨河覺得自己也有一半的錯。如果不是他貪圖安靜，專門選遊客少的小巷行走，眼下他就不會被三名陌生少年圍堵住，四周還不見任何人可以伸出援手。

一、二、三，是的，三名年紀和他相仿的少年，胸前有點不須多注意的欲線，身上還穿著制服——湖水藍上衣、灰色長褲，顯然和蔚可可一樣都是湖水高中的學生。

少年們從兩側將夏墨河包圍著，堵住他的去路，臉上帶著自以爲瀟灑的笑容，眼神像是見到寶物般興奮，不過卻也沒有眞正的惡意。

很明顯地，他們只是想搭訕而已。

問題是，身爲貨眞價實男兒身的夏墨河，可完全不覺得被同性搭訕是件令人愉悅的事。

「不好意思，請問可以讓我過去嗎？」夏墨河揉揉額角，但還是維持著一貫溫和的微笑，「我在趕時間。」

「不要這麼說嘛，就讓我們陪妳一下，我們可以帶妳參觀一些觀光客不知道的好地方。」其中一名染著褐髮的少年笑嘻嘻地說道。

夏墨河嘆了第二口無聲的氣，他的笑容未變，但他直接用行動表明自己的意思：他不再開口，直接繞開面前的少年，不想再浪費彼此的時間。

只是另一隻手臂搶先一步攔住他。

手臂的主人是名戴著角膜變色片的少年，但不知道他是想耍帥還是基於什麼神祕的理由，他只佩戴一隻眼睛，讓雙眼形成了詭異的左藍右黑。

「別不給我們面子，小姐，還是妳想跟我們去喝個咖啡？當然是我們請客，所以妳就陪陪我們嘛。」

「沒錯沒錯，就當彼此交個朋友。」第三名鬈髮少年也跟著發揮纏人的功力，「別看我們這樣，我們的女人緣可是很好的。不過我們眼光很高，除非像妳這麼美麗的女孩，否則我們才不會隨便搭訕。」

這三名少年說了這麼一大堆，就是想讓面前相貌秀麗、氣質優雅的美少女答應邀約，他們的鎮上鮮少有這類型的女孩子。

想當然爾，三名湖水高中的學生完全不知道他們心中的「美少女」是男的——扣除掉女裝穿著，夏墨河中性的聲音也令人難辨性別。

看著執意堵在兩側的少年們，夏墨河搖搖頭，沒人跟他們說過這種搭訕台詞超爛的嗎？

「首先，我的回答是請恕我拒絕，我真的在趕時間。」夏墨河心平氣和地重申：「第二，我不喜歡咖啡，咖啡因會讓人睡不安穩，甚至失眠，這對保養來說是大忌；第三，我建議角膜變色片不要只戴一邊，這樣不但傷眼睛，而且一點也不帥，只會被人當妖怪。」

夏墨河最後本來還想補上一句「換回男裝後，我的異性緣比一般男性強上數倍」，不過看著三名臉色乍紅乍青的少年，他還是體貼地將這打擊人的話吞了回去。

趁著少年們陷入羞憤交加的時候，夏墨河不放過這個機會，立刻大步一跨，成功地繞過了擋住去路的其中兩人，隨即加快腳步，只想盡快離開這條小巷，重返人潮眾多的街道。

「可惡，給我等一下！」沒想到染著褐髮的少年馬上回過神，氣急敗壞地一把扯住夏墨河的手腕，渾然沒察覺到對方的眼裡閃過的怒意和凌厲。

就算外表像女孩子，卻不代表夏墨河真的手無縛雞之力。

正當夏墨河準備扯回手，順便給對方胯下一記狠毒的一腳，另一道聲音卻無預警地插入。

「對女孩子動粗並不是一件值得讓人驕傲的事，或者我該說，是沒品至極。」

對夏墨河來說，那只是一道全然陌生的少年嗓音。

可是對三名少年而言，顯然不是如此。他們的臉色頓時一變，眉眼間更洩露出慌亂。

本來抓住夏墨河手腕的褐髮少年，甚至反射性地放開手。

「蔚……蔚商白……」他結結巴巴地嚷。

蔚？夏墨河望向出現在巷口的筆挺人影。同樣湖水色的上衣搭上灰色長褲，上衣的釦子整齊地扣至最頂端，顯現出主人一絲不苟的個性。

那是一名個子比同年齡男孩還要高的少年，五官俊秀又帶絲冷硬，眼神銳利得就像把刀。

不管從什麼角度看，夏墨河都覺得這名少年和蔚可可沒有相似之處。

但那個姓氏，卻又令人忍不住去在意。

蔚商白、蔚可可，兩人間是否真有關係？

緊接著夏墨河又注意到蔚商白的左袖上別了個鮮黃色的臂章，上面用紅線繡著「糾察隊」

三個字。

夏墨河莞爾一笑，這倒是說明了三名少年爲什麼會緊張。

——不管哪所高中，糾察隊都是令人不想靠近的不親近存在。

「爲什麼你會出現在這裡？」褐髮少年似乎是想在「美少女」面前逞強，他畏縮了一瞬後，立刻又粗聲粗氣地拉高音量，「蔚商白，我們可是什麼事也沒做！」

「今天是週六，校內又有活動，學校擔心有人穿著制服做出有損校譽的事。」蔚商白在其中一些字上加重語氣，緊接著又冷冷地說：「不只是我，糾察隊全體都在鎮上負責巡視。如果你們不立刻離開，我就要請你們交出學號了。」

「你那什麼看不起人的態度！」褐髮少年怒吼。

夏墨河卻在剎那間瞇起眼，褐髮少年胸前的欲線冒得更長，如果再繼續增長可不是好事。由人心失衡的欲望所具現出來的欲望之線，一旦長度碰地，將會引來名爲「瘴」的妖怪，到時候事態就麻煩了。

夏墨河暗凜心神，謹愼地留心褐髮少年的情況。

不過，事情幸好沒有再失控下去。

眼見自己的同伴竟然與蔚商白對嗆，另外兩名少年急急地各扯住他的一隻手臂。

「喂！別鬧了，你是想讓我們都得到一支警告嗎？」

「說不定更慘。蔚商白是糾察隊隊長，萬一他讓我們拿小過……噫！我老媽會打死我！」

聽到朋友們的哀號，褐髮少年也變了臉，他似乎想到自己會被家裡的誰狠狠教訓一頓，瞬間打了個哆嗦。

「要是被記小過，我姊那頭母暴龍會宰了我的……」他面色如土喃喃地說。

相較於三名少年面露驚恐，夏墨河卻是聽了想笑，他甚至瞧見那截欲線又縮了幾寸。

光從這些地方來看，就知道這幾名少年根本不是當不良少年的料。

果然如同夏墨河所預料的，下一秒，三名湖水高中的學生拔腿朝另個方向就溜，速度快得像是屁股後有嚇人的惡犬在追。

目送著他們落荒而逃的背影，夏墨河卻是想起自己的朋友以及朋友的朋友，宮一刻和江言一這兩人可都是利英裡讓人聞之色變的人物。他忍不住輕輕一笑，隨後聽見身後傳來不自在的一聲輕咳。

夏墨河回過頭，瞧見蔚商白低頭向他鄭重致歉。

「真的很抱歉讓妳遇上這麼不愉快的事，是我們學校的學生太失禮了。」

「沒關係，反正也沒什麼事。」夏墨河覺得有趣地露齒一笑，對方的一板一眼讓他聯想起花千穗。

殊不知他的笑容使蔚商白一愣，接著這名氣勢威凜嚴厲的少年突然間有些手足無措起來。

「總之，還是眞的很……」

「給妾身站住不要動！你這無禮的登徒子，是想對妾身家的墨河做什麼啊？」響亮稚嫩的童聲宛若一道驚雷，猛然落在小巷裡。

一時間，無論是夏墨河或蔚商白兩人都大吃一驚地轉過頭，望向聲音來源處。

巷子另一端，也就是三名少年方才落荒而逃的方向，正站著一名雙手扠腰的長髮小女孩。

小女孩身上穿著滾邊小洋裝，烏黑長髮簡直像一匹上好且會反光的綢緞，小巧的臉蛋更是精緻得不像話，乍看之下如同一尊粉雕玉琢的美麗人偶。

夏墨河的吃驚當下轉爲震驚，「織……」

但是他剛脫口出聲，馬上警覺地嚥下後頭話語，畢竟「織女大人」四個字一喊出來，絕對會引來蔚商白的側目。

織女大人，沒錯，此時此刻出現在夏墨河眼前的，就是他的上司——織女。

夏墨河沒想到織女會出現在這，他沒在一刻他們身邊看到她，以爲她和尤里一塊行動了。

假使一刻現在在這裡，只怕他會露出更加目瞪口呆的表情，因爲他們這趟旅行可沒有帶上織女！

「喂，你沒聽到妾身說的話嗎？」織女伸出食指，烏黑的眸子睜得又圓又大，「後退、後退，妾身沒允許，不准靠近妾身的部……」

「請等一下！」在織女說出「部下二號」之前，夏墨河迅速搶過話，「您怎麼會在這？您是跟尤里他們一起過來的嗎？」

但是他沒發覺到，因為省略了平常的敬稱，反倒使他無意識地用上「您」這個敬語。

蔚商白沒有漏聽，他的眼中閃現訝然之色，緊接著變得若有所思。

「和尤里他們？不是呀，妾身是讓別人載來的。」織女歪著腦袋，困惑不已地回望著夏墨河，隨即她的目光又落至蔚商白身上。她緊緊盯著他，下一秒，那張稚氣的小臉一凜，覆上嚴肅，「你……」

只不過織女這回仍舊無法將話說完，因為快速靠近的奔跑聲和氣喘吁吁的大叫聲蓋過了她的聲音，也拉走了所有人的注意力。

「慢、慢點，小千，妳真的聽到了……可是、可是……」雖然聲音斷斷續續，但足以讓夏墨河和織女聽得清楚。

「不會吧？他們那麼快就知道妾身來這裡的消息了？」織女驚呼出聲。

他們知道？夏墨河捕捉到關鍵字眼，加上織女方才說的話，這使得他猛然反應過來——織女是瞞著一刻他們到這裡來的？

還沒來得及將疑問問出口，織女的身後驀然又跑出了兩個人。

一人是氣質出眾的美麗少女，一人是被少女拉著跑的圓滾滾小胖子——花千穗和尤里！

尤里跑得上氣不接下氣，他本來就不擅長運動，一發現拉著他跑的花千穗停下，他趕忙彎下腰，雙手按住膝蓋，大口大口地喘著氣，完全沒有察看前方景象的餘力。

等到尤里終於覺得呼吸順了些，這才抬起頭，然而闖入眼中的兩抹熟悉人影，登時令他瞪大眼、張大嘴，瞠目結舌。

「墨、墨河!?」他伸出肉乎乎的手指指著朋友，接著再轉向另一名嬌小玲瓏的小女孩，「織織織……」

過度的驚嚇使得這名男孩連話都說不清楚了。

有事不克前來參加旅行的夏墨河，以及應該待在一刻家裡的織女，現在居然都出現在這裡，這怎麼能教尤里不吃驚？

趁著尤里還說不出話，夏墨河迅速拋了一個眼色給尤里身旁的花千穗。

花千穗何等聰穎，立刻會意，她馬上伸手摀住尤里的嘴巴，避免自己的青梅竹馬將「織女大人」四個字喊出。

嘴巴被摀住，這讓尤里一呆，不過，他隨即也發現到小巷裡除了夏墨河和織女，還有一名全然陌生的少年。

尤里眨眨眼睛，眼中的吃驚轉為困惑。

待花千穗抽開手，他滿心納悶地問出口，「呃……這位是？」

「他是幫我解圍的人，我剛剛碰上一點小麻煩。」瞥見織女似乎又要開口，爲免她再將蔚商白誤會成登徒子，他搶先一步解釋。

「咦？所以不是登徒子嗎？」織女的語氣莫名地有絲失望。

「不，當然不是。」夏墨河啼笑皆非地說道：「您忘了，我可是……」

「抱歉，我想我該離開了。」蔚商白強勢又不失禮節地插話，等到所有人的視線都集中在他身上，他向眾人點了下頭，又望向夏墨河，「希望妳別因此對湖水鎮有不好的印象。」

「不，怎麼會呢？」眼見蔚商白要離開，夏墨河心中也暗暗鬆口氣，畢竟對方再待著，他們也無法好好地說話。他撩起耳前的髮絲，露出一抹由衷感謝的微笑，「眞的非常謝謝你。」

蔚商白看著那抹笑容，有一瞬間的失神，忍不住又多望了那名優雅秀麗的「少女」一眼。

蔚商白重新凝聚心神，恢復到最初的嚴厲威勢，不再多發一語地轉身離開。

確認那名穿著制服的少年眞的走遠後，夏墨河終於有辦法問出從剛才就一直壓在他心裡的疑問，「尤里，你和千穗同學怎麼會出現在這裡？」

「咦？我們本來在附近吃東西，然後小千說好像聽見織女大人的聲音……」尤里隨手比了個方向，接著換他問，「墨河，你怎麼也出現在這裡？你和織女大人一起來的嗎？」

聽到這裡，夏墨河已大致明白十之八九，他的目光落在渾然不覺得尷尬的織女身上。

「我不是和織女大人一塊兒來的，不過我是有點事才會到這鎮上來，只是沒想到你們旅行的地方剛好也是這裡。」夏墨河微微一笑，先把自己會出現在這兒的理由交代清楚，然後他望著織女，輕輕地搖下頭，「織女大人，所以妳果然是瞞著尤里他們偷跑到這裡來的嗎？」

「什麼偷跑？妾身可是光明正大出來的。」織女收回望著蔚商白離去方向的視線，一時也忘了自己爲什麼要注意蔚商白。她驕傲地昂起下巴，一點也不因爲個子矮就氣勢輸人，「聽清楚了，部下一號、部下二號，妾身可是經過莉奈同意，再由專人接送的！」

「專人？」尤里狐疑地問：「織女大人，是誰啊？」

「那還用說嗎？當然就是江言一那個金毛啃。」織女得意洋洋地露出笑容，「妾身傳了張莉奈的居家生活照，他就很爽快地答應騎車載我來啦。」

「原來如此，織女大人眞厲害呢。」尤里佩服地說道。

夏墨河也覺得織女這招使得漂亮。

江言一對宮莉奈一見鍾情的事，在他們幾人間早已不是什麼祕密。只不過夏墨河幾次到一刻家拜訪，曾親眼見過宮莉奈所謂的居家模樣——頭髮散亂地用鯊魚夾夾著，身上套著大花睡衣，絲毫不修邊幅。

而江言一居然會因爲這樣的照片，毫不猶豫地答應織女堪稱無理的要求。夏墨河想了想，最後打從心裡同意愛情是盲目的。

在江言一心中，恐怕不管宮莉奈是什麼模樣，他都覺得美若天仙。

「織女大人、墨河，這樣的話你們要不要跟我們一起回旅館？晚上可以一起吃晚餐。」尤里熱情地提出邀約，他認爲人多更熱鬧，「墨河，你應該沒有要立刻回去吧？」

「我原本是打算明天，不過後天跟你們一起回去也可以，我再請我家的司機載大家吧。」夏墨河微微一笑，「晚餐當然也是沒……」

「不行！有問題，妾身說有問題！」織女舉手打斷夏墨河的話。

三雙眼睛全吃驚地看著她。

「妾身可不想一刻太早知道妾身也來這裡的事，這樣就沒有驚喜感了。」織女認眞地豎起食指，「你們大家聽好了，妾身先跟墨河待在一起，等晚餐過後再去旅館找你們，妾身可是有重要的事要你們去做。」

「重要的事？」尤里聽得一頭霧水，他下意識地瞧向足智多謀的夏墨河，但後者也只是搖頭表示不清楚。

「是很重要的事。」織女高舉雙手揮劃一下，像是想加強她話裡的嚴肅性，「妾身來這的時候，感覺到這小鎭的某個地方散發出讓人很在意的氣息，雖然微弱，但妾身確實感覺到了。就連剛剛那名少年……妾身剛是注意到什麼？唔，想不起來……算了，重要的事到時就會自動想起。」

如果一刻這時候在場，想必他會黑著一張臉，大聲指責這個隨隨便便又不負責任的上司。

「也就是我們晚上要進行祕密行動了？」尤里有絲興奮，圓胖的臉上閃動光彩。

「部下一號，你眞是孺子可教。」織女欣慰地點點頭，接著她又一次豎起食指，朝天高舉，「就是這樣，妾身在此宣布，今晚九點後，『劈里啪啦祕密行動計畫』準時展開！」

尤里、夏墨河和花千穗同時給予掌聲。

細眉大眼的小女孩得意地一撥額前劉海，「呼，妾身眞是取名的天才。」

下一秒，她轉向夏墨河伸出手，白嫩的小臉上是甜甜的笑，「部下二號，妾身可以先到你住的地方吧？」

「這是我的榮幸，織女大人。」夏墨河笑盈盈地接住織女的手，兩人向尤里他們告別。

目送著那一大一小的背影——從外表看，夏墨河和織女只會被人當作一對漂亮的姊妹花——尤里忍不住認眞地發表意見，「墨河和織女大人就像從畫裡走出來的一樣呢，小千。」

花千穗點頭表示同意，不過，接著她又聽見尤里似乎還含糊地說了些什麼。

「尤里？」花千穗低下頭，想要聽得更清楚，卻沒注意到自己的臉頰快貼上對方了。

小胖子注意到了，他紅著臉，低聲結巴地又說了一次，「可是我還是覺得，最、最漂亮的人是小千才對……」

花千穗先是一愣，接著她垂下濃密的眼睫，白皙的手指主動握住尤里的手，五指相扣，扣得緊緊的。

第五針

一刻覺得尤里好像懷抱著什麼心事，有話想說卻不敢說，而且明顯是針對他。

一刻可不是白痴，在發現對方自以爲不著痕跡地偷瞄了自己十幾次後，如果還能不發現，那根本就是感應神經死透了。

擦著半濕的頭髮，剛從浴室走出來的白髮少年一屁股坐在床上，順便朝蘇染的方向抬了抬下巴，示意她可以進去洗了。

蘇染俐落地闔上黑色記事本，抱著早已準備好的衣物起身，接著進入浴室洗澡。

現在是晚間八點多，一刻他們在吃完晚餐後就決定窩在房裡看看電視，同時輪流洗澡。不過除了蘇冉在看新聞外，尤里和花千穗則是坐在沙發上，一起看著數位相機裡的照片。

確定頭髮已經乾得差不多，一刻扔開旅館提供的毛巾，用腳踢了踢坐在床下的蘇冉，「喂，寵物當家，老子不想看那些五四三的新聞。」

蘇冉連頭也沒回，直接將頻道切換至一刻想看的節目。

見到電視螢幕上猛然出現幼犬可愛的模樣，一刻的表情頓時柔和下來。但是就在下一秒，應該專心在節目上的他倏然扭過頭，銳利的雙眼不偏不倚對上尤里投來的視線。

以爲不會被發現的小胖子嚇了一大跳，沒想到竟剛好被逮個正著。他怪叫一聲，差點慌亂得跳起來。

「一、一刻大哥……」尤里結結巴巴地嚷：「不是的！你誤會了，我絕對不是在看你！眞的不是！」

一刻忍下翻白眼的欲望，欲蓋彌彰就是眼前這胖子的最佳寫照。

「少來了，尤里，你當我是感覺死光了嗎？會沒發現你在看我？」

「咦咦咦咦咦？原來一刻大哥你早知道了啊。」既然事跡敗露，尤里也不再特意隱瞞，反而好奇心湧上，「我看得那麼小心，沒想到一刻大哥還是發現了。」

「你那種看法，只有死人才沒感覺吧？」一刻還是翻起白眼，「你打從和我們碰面，就一直往我這兒看，老子是有長花還是長草嗎？」

「沒有、沒有，一刻大哥你什麼都沒長。要是有，我一定會拍照的。」尤里搖搖頭，又問道：「一刻大哥，原來你那麼早就發現到了？」

「在我進去之前，總共看了二十三次。」說話的人不是一刻，而是從浴室裡混著水聲傳出的一道少女嗓音。

「蘇染，洗妳的澡啦！」一刻抓了一個抱枕，直接砸向浴室門。

浴室裡的水聲調轉得更大。

「真是的……喂，尤里，你現在可以說了吧？」一刻瞇細眼，進入逼問狀態，「你到底是想跟我說什麼？你是不是瞞著我什麼事？」

尤里飛快地瞄了一下手機上的時間，還沒到九點。

織女大人交代過，那個「劈里啪啦祕密行動計畫」是九點後才開始執行，所以還不能說。

「沒有、絕對沒有，我眞的沒有要和一刻大哥說什麼！」尤里把頭搖得像波浪鼓，怕一刻不相信，他還舉手立誓，「我也絕對沒有隱瞞一刻大哥任何事，我願意用我們老師剩下的三根頭髮來發誓！」

「聽你靠杯！你老師就算禿頭干我屁事！」一刻目光險惡，從床上離開，一步步往沙發逼近，非要逼供出答案不可，「尤里，再給你十秒的時間，不說老子就逼到你說。十——一！」

「噫，一刻大哥你這樣太卑鄙了啊！」沒想到一刻實際上只數了兩個數字就一個箭步衝上，尤里煞白了圓臉，嚇得從沙發上逃離。

不過尤里怎麼可能是身手矯健的一刻的對手，堵人這種事，一刻在以往打架的經驗中，早就練得滾瓜爛熟了。

不到半分鐘，可憐的小胖子就被宛若凶神惡煞的白髮少年逼到牆角，像隻胖兔子般瑟瑟發抖。

蘇冉戴著耳機，看著電視上的寵物當家；花千穗低頭繼續看今天和尤里拍的照片。

孤立無援的尤里僵著身體，背部緊貼牆壁，驚恐萬分地看著將手指折得卡卡作響的一刻。

一刻的臉上露出猙獰的笑容，「好了，死胖子，給我老實說吧，你現在就算叫破喉嚨也沒人來救你。」

「不要啊！破喉嚨、破喉嚨！」尤里扯著嗓音慘叫。

一刻折手指的動作瞬間停下，他用不可思議的表情瞪著尤里，「幹，不會吧？這麼冷的梗你還眞的用……我操！是誰在敲別人房間的窗戶啦！」

一刻暫時放棄逼供，他火大地轉過頭，大步地走到他們的落地窗前，「唰」地一聲扯開拉上的窗簾。

但是在拉開窗簾的刹那間，一刻忽然想到一件事：他們的房間是在三樓吧？外面雖有陽台，但和隔壁房間也隔了段要跳過來就要有心理準備栽下去的距離。既然如此，是誰在敲他們的窗？

這個念頭剛閃現，就立刻因爲眼前的景象而消失得一乾二淨。

一刻手裡還抓著窗簾，他呆立原地，扭曲的臉彷彿他在窗外看到什麼匪夷所思的東西。

下一秒，一刻迅雷不及掩耳地拉上窗簾。他什麼也沒看到，他絕對沒有看到有個穿著洋裝的小蘿莉站在外面的陽台上……他沒看到他X的才有鬼！

白髮少年驟然鐵青了臉，再次猛力地扯開窗簾。

落地窗外，陽台上，一名細眉大眼的可愛小女孩正笑咪咪地向他打招呼。

「織女大人，妳眞的好準時！」尤里忍不住驚呼，旋即慢一拍地發現自己露餡了。

要是這樣還猜不出尤里和織女是串通好的，那一刻覺得自己的名字可以倒過來寫了。

惡狠狠地瞪了心虛傻笑的尤里一眼，一刻動作粗暴地打開窗，也不理會織女向他打招呼，快狠準地把人拎起，一把將人拽進房裡。

「說！」一刻放下人後，抱起雙臂，滿臉殺氣騰騰，「爲什麼妳他媽的會出現在這裡？織女，是誰答應我會照顧好莉奈姊的？」

「妾身啊，所以妾身請江言一那金毛按時察看，要是發現莉奈被垃圾埋住，記得把她拉出來。」織女態度從容地理理衣服，等到確認儀容完美，髮絲也沒亂一根，她才舉起手，正式和一刻打個招呼，「歐啦，部下三號。」

「歐什麼？」一刻皺緊眉，堅持說中文也能在這世界活下去的他，實在聽不出織女在說哪種語言。

「你好，西班牙語的，一刻。」已經從「寵物當家」切換到「全員逃走中」的蘇冉頭也不抬地說道。

「哎，眞不愧是妾身看上的部下候補。」織女不客氣地坐在沙發上，自然得像她才是這房間的主人，「部下一號，茶、點心。」

「心妳老木！」一刻大手一揮，阻止尤里眞的端茶送點心。他再度拎起織女，表情險惡嚇人，「妳有跟莉奈姊報備過嗎？妳要是敢什麼都沒說就偷跑出來……」

「你這樣對待妾身這位淑女太無禮了，一刻。」織女挑高細眉，眼神清楚地傳遞出「鄙夷」兩字。就算她被人抓著，她也永遠有辦法表現得比抓人的人還要趾高氣揚，「妾身當然有說，妾身可是堂堂的織女大人，怎麼可能連這點基本小事也做不好？」

有人就是連「乖乖顧家」這種基本小事都做不到。一刻在內心吐槽。

「聽清楚，部下三號。」織女昂起尖尖的下巴，「妾身可是跟莉奈這麼說了，『一刻打電話給妾身，說想要跟女孩子告白，也許是小染，也許是花姑娘，也許兩個一起來。總之，他需要妾身的火、速、救、援！』」

一刻瞬間鬆開手，目瞪口呆地瞪著居然連這種話也掰得出來的織女。

蘇冉吹了聲口哨；花千穗表情未動；尤里卻是大驚失色。

顧不得替織女送上茶水、點心，他慌慌張張地衝向一刻，「一刻大哥，這是真的嗎？原來你……原來你想向小千告白？不、不行！不可以！」

一刻打掉那雙巴在他身上的胖爪子，他倒頭栽進床鋪裡，比出中指，附帶贈送再陰森不過的嗓音，「通通給老子去死！」

「這樣就撐不住？還太嫩了唷，部下三號。」織女踢晃著小腳，搖頭嘆氣。

一刻這次送她兩根中指。

蘇染打開浴室門的時候，看見的就是織女坐在沙發上，一刻整個人埋在床鋪裡。

「……我錯過了什麼嗎？」她問。

「什麼也沒有哪，小染。」織女跳下沙發，拍了響亮的一掌，「好了，一刻，快起來！別在床上裝死了！妾身的『劈里啪啦祕密行動計畫』可是要開始了！」

「那是三小？」一刻頭也不抬地扔出句子。光聽這種名字，用腳趾想就知道一定是出自於織女。

「啊，一刻你在心中嘲笑妾身取的這個華麗名字對不對？」織女簡直像是能看穿一刻的心思，她雙手扠腰，小臉滿是不平，覺得自己取名的天分被藐視了。

一刻連吐槽都懶，裝作沒聽見織女接下來的喋喋不休，他忽然動了一下手臂，不過倒也不是打算抓過枕頭往織女的方向扔，而是將手指探入口袋，掏出呈現震動狀態的手機。

有人打電話給他。

誰啊？莉奈姊嗎？一刻扭過頭，雙眼盯住閃動藍光的手機螢幕，上頭正顯示著「夏墨河」三字。

沒有多想，一刻接聽電話，手機裡立刻傳出熟悉的含笑嗓音。

「一刻同學，我猜織女大人應該還沒向你們解釋『劈里啪啦祕密行動計畫』的內容。我個人的建議是，我們可以在路上邊聊。雖然夜晚的天氣不錯，但你知道的，被蚊子叮咬也是一件傷腦筋的事。」

被蚊子叮咬？也就是說他現在人在外面？

一刻幾乎瞬間想通了，再思及織女剛剛出現的地方，他連忙飛快爬起，三步併作兩步地衝向陽台。

見狀，房內的其餘人也下意識地追出去察看。

一刻抓著手機，站在陽台的圍欄前，低頭向下望。

對面的路燈下，一抹纖瘦的人影正舉高手，笑盈盈地向他打招呼，那是綁著長馬尾、女裝打扮的夏墨河。

「一刻？」蘇染從後靠上前。由於她剛從浴室出來，一頭長髮連綁都還沒綁，就這麼披散在肩後。

「沒事，是夏墨河。」一刻回頭說，但接著他卻捕捉到手機裡傳來短促的抽氣聲。

一刻愣了一下，趕緊再看向夏墨河的方向。藉由路燈照明，可以清晰地瞧見那名秀麗的少年仰高頭，白皙的臉龐上布著驚愕、不敢置信和茫然……

一刻沒辦法確切的形容那些交織在夏墨河臉上的表情，唯一能確定的，就是夏墨河是望著他們所在的陽台，他在看的人是——蘇染！

爲什麼要看蘇染？又不是第一次見面。一刻心中滿是疑惑，下一秒，還被他抓在手中的手機飄出了兩個字。

白髮少年徹底呆住，那是他第一次聽見夏墨河流露出這種聲音，如此絕望又如此欣喜。

他說：墨荷。

墨荷？夏墨荷？

在前往預定目的地的路上，一刻腦中不斷思索著他在手機裡聽到的那兩個字。

他當然不至於認爲那其實是「墨河」，夏墨河沒事喊自己的名字做什麼。

一刻又想到下午在淨湖時，夏墨河爲了隱瞞蔚可可，特意捏造出一個身分——夏墨荷，夏墨河的妹妹。

如果那不是捏造的呢？如果夏墨河眞的有一個妹妹呢？

一刻不是笨蛋，或許他面對學業時腦子沒那麼靈活，但不代表他看不出那些隱約有跡可尋的事情脈絡。

五年前在淨湖發生的事件，受害者是個女孩子。

五年後，夏墨河出現在淨湖，他知道這裡曾發過「什麼」……

夠了，打住！到此爲止，不准再想下去！一刻硬生生地中斷思緒，他不願再繼續推想，因爲那將會導出一個殘酷的事實。

甩甩頭，白髮少年將心思專注在他們眼下要做的事——劈里啪啦祕密行動計畫。

姑且不管那個俗到爆的名字，他們一行六人確實是在執行一項計畫。

由夏墨河抱著織女領頭，一刻、蘇染、蘇冉、尤里則是緊追在後。

這支隊伍裡並沒有花千穗的身影。那名少女知道自己不具備任何力量，因此主動留守在旅館房間，靜候他們的歸來。

假使這時剛好有誰撞見一刻等人，那麼恐怕會目瞪口呆地傻站在原地，懷疑自己的眼睛是不是在夜裡產生幻覺。

因爲他們一行人的速度著實太快了，快得像陣風虛晃過去，眨眼沒留下半點痕跡。

不僅如此，其中一對少年少女的臉頰上，甚至還烙著大片鮮紅的奇異花紋。

那是神紋，擁有神之力的證明。

事實上，不只蘇染、蘇冉的身上才有神紋，一刻他們亦有，只是浮現的部位和面積都不若蘇氏姊弟顯眼。

月夜下，使用神力的一行人很快就遠離了湖水鎮的主要街道，四周景象隨著前進方向越顯偏僻。漸漸地，一刻發現到身邊的環境有點熟悉，就像不久前才在哪裡看過一樣。

「啊！」一刻不由得低叫一聲。他想起來了，這附近他根本下午才來過，「難不成……」

「再往前，會到淨湖。」在一刻左邊的蘇冉捕捉到他的喃喃自語，憑著多年的交情，他立刻就能預想到一刻想要說什麼。

果然是淨湖！一刻銳利的雙眼閃了閃，他望著前方領路的纖細背影，弄不清夏墨河和織女究竟要他們在夜間前往淨湖是想做什麼。

織女從頭到尾都不肯多透露，只說到時自然會交代清楚；而夏墨河更不用說了，織女都沒開口，他又怎麼可能透露。

忽地，前方的馬尾少年無預警地轉過頭來，也不知他想看些什麼，視線似乎是隨意一掃，但一發現一刻的目光後又迅速轉向。

「一刻。」蘇冉說，聲音平靜，只有他和一刻彼此能聽見，「夏墨河不像是喜歡蘇染這類型。」

「咳咳！」一刻差點被這句話嗆到，他立即瞪了蘇冉一眼，「你沒事說這……」

「請別當我不存在。」蘇染清冷的聲音也出現，她伸手壓按住不停飛舞的髮絲，不讓它們擋到視線，「夏墨河在旅館看見我時，目光就開始往我這投來，至今有七次，但我感受不到一釐米的愛慕之情。」

一刻沒有馬上回答，蘇染說的情況他也有注意到。夏墨河的異常，是自他喊出「墨荷」兩字開始的，他不時會暗暗凝視蘇染。

是將她當成誰不成？可是，之前從來沒出現這種情況。若說差異在哪……一刻的視線不自覺地落向了藍眼少女今日沒有綁成長辮的髮絲。

「一刻，你可以試著在眼神裡加上一釐米的愛慕之情，這樣我的虛榮心會在瞬間得到前所未有的滿足。來吧，不要客氣。」蘇染認眞地鼓勵著。

「客妳老木。」一刻毫不吝惜地給了自己的青梅竹馬一記中指，順便往後一撈，抓住開始上氣不接下氣、險些脫隊的尤里。

小胖子感動得眼眶泛淚，覺得一刻眞有同伴愛。

然而就在下一秒，他滿心的感動變成了驚嚇，因爲一刻拋下了這麼一句——

「閉上嘴巴，尤里，咬到舌頭老子可不管。」

咬到舌頭？這話的意思，難、難不成是……尤里圓胖的臉刷成煞白，卻已經沒有抗議的機會，最後迸出喉嚨的只是慘叫連連。

「拜、拜託不要！一刻大哥，這樣太快快快了——嗷嗚！」

尤里眞的咬到舌頭了。

第六針

入了夜的淨湖，比白日還要幽靜，周邊的環湖步道上雖立著幾盞路燈，但光芒卻沒辦法傳遞到湖面。白天裡像是一瓣蒼綠鱗片的湖泊，此刻卻像凝聚著無法看透的幽暗，在令人覺得不安的同時，卻也感受到某種詭異的美感。

夏墨河抱著織女穩穩地踏上地面，他鬆開雙臂，讓織女得以滑下自己的懷抱。

織女剛離開他身上沒多久，他腳邊猛然就撲來另一股力道。

尤里慘白著臉，眼眶泛淚，整個身體都在瑟瑟發抖，「嗚嗚嗚……好可怕……墨河，眞的好可怕啊……」

「你這樣說，聽起來像是覺得我很可怕呢。」墨河打趣地說道，藉以轉移尤里的注意力。

「咦？不不不，當然不是說墨河你。」抱著墨河大腿的尤里抬起頭，趕忙拚命搖頭否認，「我是說……」

「啊啊？所以你是指老子好可怕嗎？」一刻掏掏耳朵，自尤里後方走上前。

尤里一個激靈，馬上用最快速度跳起，挺胸、縮小腹——雖然縮不太進去。

「報告一刻大哥，當然也不是在說英明威武的你！」尤里比出敬禮的姿勢，力求誠意表現，只可惜這個站姿撐不了多久，就因爲發軟的雙腿而又撲通一聲跌坐下去。

尤里撓撓腦袋，尷尬地傻笑，一刻那可怕的速度眞的令他腿軟了。

一刻搖搖頭，心想找個時間一定得來特訓尤里。

「真是的，部下一號，你要多訓練才行哪。」織女扠著腰，老氣橫秋地訓斥道：「沒辦法，只好妾身親自來訓練你了。從明天開始，你每天都得做一個布丁給妾身才……好痛！」

「操！還以爲妳會說什麼有建設性的話，結果只是妳自己想吃嘛。」一刻睨了一眼剛剛被他敲上一記爆栗的織女，眼神裡明明白白地寫著鄙視，也不管織女淚眼汪汪，似乎想撲上來咬他一口，他朝蘇染丟了一個眼色。

憑著多年來的交情，後者當下會意，馬上從口袋裡拿出不離身的黑色小冊子，在裡面記下一些東西。

蘇冉瞥了瞥，發現是要給尤里之後用的特訓計畫。

雖然對蘇染「唰唰唰」書寫什麼的舉動感到一頭霧水，但尤里不由自主地也感到一陣寒意襲上，他忍不住抖了抖身子。

「夏墨河，現在可以說了吧？這種時候要我們再來這一趟，到底是要做什麼？」一刻不拖泥帶水，直接問出他最想知道的事。

「再？」織女沒漏聽一刻說的話，她放下摀著腦袋的手，烏黑的眸子驚訝地瞪著一刻，「你們已經來過這裡？不會吧，部下三號，難道你們都發現到這裡有微弱的仙氣了嗎？」

「我們只是下午在這閒逛……慢著。」一刻後知後覺地發現織女說了驚人之語。仙氣？那個神明才有的仙氣？

「等、等一下！」結巴出聲的人是尤里，他同樣也大感震驚，「織女大人，妳說這裡有仙氣？所以這裡有神仙嗎？」

「哎？妾身沒跟你們說嗎？」織女困惑地歪歪小腦袋。

「沒有，他媽的妳從頭到尾壓根就沒跟我們說任何事！」一刻咬牙切齒地低吼，「現在、立刻、馬上把所有的事都講出來！」

「妾身沒說不講啊。一刻，你有耐心點。」織女踮起腳尖，拍拍他的手臂當作安撫。

假使不是痛揍小蘿莉是可恥的事，一刻早就把織女抓起來狠狠打她一頓屁股。都這種時候了，還跟他講什麼狗屁耐心！

也許是直覺地感到有危險，織女下意識地摀住小屁股，往夏墨河的方向靠了幾步，這才清清喉嚨，嚴肅地開始說明他們今日的「劈里啪啦祕密行動計畫」。

「妾身讓江言一載到這裡的時候，就發現這鎮上有點異樣。它存在著一縷很微弱的仙氣，弱得似乎隨時消失也不足爲奇。在碰上部下二號之前，妾身已經大致將這小鎮逛過一遍，也物色好所有要買的土產，最後終於確定源頭是這座湖。」

淨湖？守護神？一刻裝作沒聽見關於土產的那句話，瞬間憶起蔚可可曾對他們說過的話，「這湖裡眞的有守護神？」

「湖裡有什麼妾身並不清楚。」織女也從夏墨河那聽說了淨湖守護神的事，「妾身只想弄清楚這仙氣的主人是誰，爲何和思薇裡曾出現過的有那麼一絲相似！」

織女最後一句鏗鏘有力的話，對一刻他們來說無異是平地一聲雷。饒是夏墨河的臉色也微微變了，他知道織女到淨湖來的意圖，卻沒想到這裡存在的仙氣和曾出現在思薇女中裡的竟有一絲相似。

思薇女中，曾被設下一座用來矇騙神使耳目的結界，不讓以交換學生身分進入的一刻他們輕易發覺瘴的行蹤。

原本一刻等人皆認爲這結界是瘴布下的，然而事實卻令人大吃一驚。結界並非是那瘴獨自設立，還有個他們完全不知道的神祕人物，唯一的線索——就是殘留在結界碎片上的仙氣。

而現在，織女卻說淨湖的仙氣有那麼一絲相似，是不是代表他們追查的那人就在這裡？

「聽好了，部下一號、二號、三號。」織女小手一揮，渾身氣勢顯現，「妾身命令你們，將整座淨湖好好搜索一遍，妾身會用最熱烈的眼神在旁關愛你們的！」

「關妳去死，妳這小鬼也給我一起做事！」一刻握拳，不客氣地砸向織女的腦袋，「蘇染、蘇冉，你們多留意一些。」

「明白。」「了解。」

黑髮藍眼的孿生姊弟同時回答。

蘇染摘下眼鏡，蘇冉扯下耳機，不讓自己的感應能力受到任何阻擋。

「織女大人，那我去那邊找喔，我一定會努力的！」尤里拍胸保證，「對了，妳要不要吃餅乾？我身上有好幾……」

「去做事，點心給老子晚點再吃！」一刻險惡的眼神瞪向尤里，頓時讓小胖子心虛傻笑，不敢再多逗留地跑走了。

「一刻同學、織女大人，那麼我負責另一邊。淨湖晚上有時會有當地的年輕人夜遊，你們要多注意，我自己也會小心的。」夏墨河反過來叮囑道。

「知道，我待會也會跟蘇染他們說。」一刻皺緊眉，眼見夏墨河轉身欲離開，他忽然又喊住他，「喂，夏墨河，你自己多小心……我指的是別的事，你一個人別碰上無聊傢伙搭訕。」

夏墨河失笑，他覺得一刻想太多了，下午發生過的事，怎樣也不可能再發生一次吧？

不，就是有可能再來一次……

綁著優雅長馬尾、穿著簡單印花T恤、短褲加上一雙羅馬鞋的秀麗少年，看著面前堵住他去路的三抹身影，現在完全笑不出來了，最多就是唇畔擠出類似苦笑的弧度。

夏墨河簡直都想佩服一刻的預言功力，他難得給人兩次警告，偏偏兩次都被他說中。

和自己的同伴分開行動，夏墨河本來想沿著湖邊細細審視，卻怎麼也沒想到剛走沒幾步，就有年輕人團體出現——三名少年一開始只是無聊地對他吹口哨，出聲調戲幾句，但雙方都沒料到，當彼此對上視線，看見的竟是曾有一面之緣的臉孔。

夏墨河忍下無力嘆氣的衝動，老天，居然又是下午碰上的那三名湖水高中學生……

三名少年們一發現待在湖前的纖細身影，竟是下午搭訕未果的「美少女」，心裡頓時可樂了。他們馬上迫不及待地跑上前，三張臉孔上閃動的都是同等的興奮，眼睛更是不時瞄向那雙白皙修長的長腿。

「小姐，眞是太巧了，沒想到我們又再次碰面！」染著褐髮的少年露出自認帥氣的笑容。

「我也沒想到會這麼巧。」夏墨河端著微笑，秀麗的臉上沒顯現出任何不耐，「不過我有事要忙，能不能請你們讓我過去？」

「忙？噗，這種時候到這裡來，能有什麼事要忙？喔喔，是忙著跟人約會嗎？」堵在夏墨河右邊的少年嬉皮笑臉地說道：「也沒看到妳男朋友出現，我看在這之前，就由我們陪著妳吧。別看這地方白天漂亮，晚上啊，可是聽說會有鬼出現的！」

「鬼？」夏墨河柔和的嗓音微微地變了調。

但是少年沒想太多，只是單純以爲面前的「少女」受到驚嚇。

「沒錯，這裡以前曾死過人，像妳這種外地來的，一定什麼都不知道吧？」他得意洋洋地說道，期待見到對方會因此嚇白了臉，然後反過來要求他們陪伴。

然而讓他失望的是，那張美麗的臉最多只浮閃一瞬奇異的情緒，他連忙使了個眼色給兩名同伴，要他們也加把勁。

另外兩名少年也猜到他在打什麼主意，隨即一搭一唱，誇張地渲染著鬼魂的話題。

「那件事可嚇了鎮上所有人，分屍呢！居然有女孩子被分屍扔到淨湖這裡！」

「從那件事後，淨湖有時候就可以見到小女孩的幽靈。像我朋友的朋友的堂弟就曾看過，嚇死他了。」

「小女孩？」夏墨河的聲音很輕，眼底好像有什麼在湧動。

然而說到興頭上的少年們誰也沒有注意到他的異樣，他們竭盡所能地想讓眼前的「美少女」越來越害怕，最好能使對方驚叫一聲地撲進自己懷裡。

「因爲幾年前死掉的就是一個小女生嘛。」

「白痴，是五年前。聽說她的眼睛被挖走，腳還被砍斷，所以有時這裡會出現一個血淋淋的小孩子，說：『大哥哥，你有看到我的眼睛和腳嗎？沒有的話——就把你的給我吧！』」

「哇！幹！」

「你是想嚇死我們嗎？」

突然拔高的音量，反倒使得兩名少年先嚇一跳，他們氣急敗壞地瞪向始作俑者。

嚇人的那位則是哈哈大笑，「你們也太遜咖了吧？不過我也覺得我說得很恐怖……小姐，有沒有嚇到妳？」

染著褐髮的少年興沖沖地望向夏墨河，心想這次該能見到對方我見猶憐的畏怕模樣，然而映入眼中的，卻是一張全然失去表情的臉，沒有微笑，沒有情緒，一雙眸子簡直比冰還冷澈。

「嘲笑死去之人，眞的如此有趣嗎？」夏墨河慢慢地說，每一字都像是刀般刮人。

三名少年這時也終於發現夏墨河的表情不對勁。

「咦？呃……我們也只是說說……」一人嚥了嚥口水，被那雙眼睛盯得微冒冷汗。

因爲那雙眼睛又冷又狠，彷彿在看著恨不得千刀萬剮的可恨存在。

一名柔弱纖細的「少女」，怎麼可能會有這種眼神？

「喂，幹嘛那麼嚴肅？我們只是……只是開開玩笑而已……」第二名少年本想大聲反駁回去，但夏墨河宛如漩渦狂暴轉動的黑眸，令他的聲音不由得越來越小。

第三名少年沒有開口，他的注意力被夏墨河手腕上的淡淡光芒給引走了。

不對，那不是光，而是一圈古怪的青金色花紋。

少年錯愕地揉揉眼，他眞的沒看錯，那隻纖細白皙的手腕上，眞的憑空浮現青金色花紋！

那、那是什麼？

「既然連亡者都不懂得尊重。」夏墨河似乎沒看見少年們露出驚疑，他微微一笑，笑容冰冷得可怕，「那麼沒用的嘴巴，就乾脆直接縫……」

「夏墨河！你在這裡做什麼？」

伴隨著一聲質問無預警響起，一隻手臂同時也抓住夏墨河的手腕。

突來的變故頓時讓夏墨河一震，眼中的冰冷褪去，就連手腕上的青金色花紋也跟著消失。

三名少年這次卻沒察覺到那古怪花紋居然又無端不見，他們三人的眼睛全都緊緊盯著出現在夏墨河身後的人影，眼裡流露驚懼。

白髮、招搖的耳環、嚇人的銳利眼神——那分明就是有如凶神惡煞的不良少年！

「一刻同學？」夏墨河的臉上還留著一絲茫然，像是不知道自己剛剛做過什麼。

一刻瞥了夏墨河一眼，沒有多問他爲什麼要在普通人面前顯現神紋——他想對他們做什麼——接著視線掃向三名從沒見過的少年。

「你們又是哪根蔥？」眉毛一挑，充滿戾氣的眼神直接射過去，「找他做什麼？有話快說、有屁快放！」

「噫！沒沒沒有！」染著褐髮的少年第一個慌張地跳了起來，他拚命地搖著手，「我們只是剛好路過！」

「對，路過！我們現在就要走了！」

「啊哈哈哈，我們就不打擾你們倆的約會了！」

三名少年你一言我一語地說著，腳步也越來越向後退。等到退到一定距離後，確定前方的白髮少年就算一拳揮過來也無法打到他們，他們互望一眼，然後有志一同地拔腿就逃。

就算美女再怎麼漂亮，他們更珍惜自己的小命啊！

「啊？搞什麼鬼？」一刻只覺得莫名其妙地望著那些逃竄的背影，到現在他都還不知道究竟發生過什麼事。

不過一刻很快就把那三名少年的事拋到腦後，比起不重要的路人甲乙丙，眼下還有更重要的問題。

「夏墨河。」一刻的聲音凌厲，「你剛剛是想做什麼？」

「……你多心了，一刻同學。」夏墨河露出和往常無異的柔和微笑，彷彿沒有任何異樣。

一刻的眉頭擰得更緊。他又沒瞎，當然看得出夏墨河擺明不想講。

「我現在說的話，要聽不聽隨便你。」一刻淡淡地說，「要是有人惹得你不爽，就用自己的拳頭打回去，別用織女那小鬼給的力量，那種外掛太犯規了。要是你的拳頭沒力，大不了老子勉強幫你一下。」

扔下這些話，白髮少年將雙手斜插口袋，掉頭離去。

夏墨河吃驚地望著對方的背影，半晌後忍不住失笑，他搖搖頭，覺得就像尤里說過的一樣——

宮一刻這個人，真的太溫柔了。

□

三名湖水高中的學生可以說是用最快的速度跑離淨湖。他們跑得上氣不接下氣，腳下步伐也逐漸慢了下來，最後終於完全停下。

少年們氣喘吁吁地大口呼吸，感覺到胸腔裡的心臟跟著瘋狂亂跳。

「嚇、嚇死人了……」染著褐髮的少年彎腰按著膝蓋，氣喘如牛地說著，「那樣一個正妹……居然……」

「居然有那麼可怕的男朋友……」戴著藍色角膜變色片的少年一屁股坐在紅磚路上，抹了一把臉。

「還好……還好他下午沒出現……」第三名少年艱困地吞了吞口水。

乍聞他的話，另外兩人也不由自主地想起下午的搭訕，接著他們不約而同地打了個寒顫，心中更是忍不住大叫好險。好險那名白髮少年當時沒出現，否則讓對方見到他們纏著自己的女朋友，只怕他們是吃不完兜著走了。

「那種樣子一看，就知道是貨眞價實的不良少年……」褐髮少年喘口氣說：「白髮耶！」

「還有那堆耳環……你們有看到嗎？他掛超多的！」

「超羨慕他有那麼正的女朋友……」

「囉嗦，幹嘛一直提那美女的事？是想讓自己更難過嗎？」

「可是眞的很羨慕呀……」最後，不知道是誰冒出這句結論。

於是三個人你看我、我看你，同時失落地嘆了一口氣，再見了，正妹；再見了，搭訕。

三名少年就這樣或坐或站地待在紅磚人行道邊，這地方位於淨湖周圍的上坡道，不用擔心會有人忽然衝上來。

好一會兒過後，少年們收拾好心情，認命地準備回家上網打魔獸，但才剛邁步沒多久，他們就聽到前方傳來一陣嘻嘻哈哈的聲音，有男有女，聽起來還很熟悉。

等到那個團體的身影映入眼中，三名少年不禁吃了一驚。那是兩組年輕男女，一看就知道在約會；而更重要的是，那兩名男的還是他們的同班同學，女的則是隔壁班的。

「老頭？林董？」他們喊出了對方的綽號。

「邱阿三？鴨子？鬈毛？」另一方人馬也嚇了一跳，沒想到會在這碰上同學，「你們到這幹什麼？」

「我們才想問你們到這幹什麼？還帶妹。」褐髮少年酸溜溜地說。

「看也知道吧？我們要去淨湖賞夜景。」被喊作「林董」的高個子少年得意地摟了下身邊的女孩，換來對方嬌嗔的一眼，「你們咧，已經看完夜景了？三個男的不會太空虛嗎？」

「誰跟你看夜景，我們剛可是……」褐髮少年說到一半又嚥下。雖然碰上可怕的不良少年，但給人知道他們三個人還怕只有一個人的對方，恐怕他們下禮拜就會成爲班上的笑柄。說是撞鬼好像也不適合，因爲大家都知道淨湖雖死過人，可是誰也沒眞正見到幽靈。

腦子轉了轉，他忽然想到個絕佳理由，「告訴你，我們剛可是千鈞一髮！」

「啊？」「啥？」

「我們在淨湖遇到誰，你知道嗎？是蔚商白！是那個機車又惹人厭的蔚商白！」

「蔚商白？喂，我們不是……」

「閉嘴。」一發現自己的同伴反射性想提出質疑，褐髮少年迅速踩了他一腳。

另外兩組年輕男女並未留意到這個小動作，一聽到蔚商白的名字，四人臉上都露出慌張的表情。

湖水高中可是有規定不准學生八點後還在淨湖逗留，以免發生什麼危險。畢竟淨湖位置偏僻，湖邊也沒有防護欄杆，稍一不注意就有可能發生意外。

而現在身爲糾察隊隊長的蔚商白居然在淨湖，這擺明了什麼？這豈不擺明蔚商白是要來抓違規學生的！

凡是湖水高中的學生都知道，蔚商白的作風向來是鐵面無私，只要被他抓到，不管怎麼威脅或求情都沒用。

沒有深思也是學生的蔚商白怎會出現在淨湖，原本想到那裡約會兼賞夜景的年輕男女們這下全沒了心思，尤其是兩名女孩子，更是緊張地直扯男友的衣服。

「喂喂，我們快走啦，萬一被記警告我媽會氣死的，快點走啦！」

「說、說得也是……」高個子少年吶吶地說，打消了一開始的計畫。

包括褐髮少年三人在內，一大群人決定就這麼結伴離開。然而誰也沒想到，他們的前端竟又出現了腳步聲……

在這種空曠的地方，腳步聲不該迴盪，可是所有人——五名少年、兩名女孩——卻都聽得清清楚楚。

啪噠啪噠、啪噠啪噠。

眾人心臟不由得往上提，直到他們看見從紅磚路另一端顯現的纖細人影，才頓時鬆了一口氣。

「什麼啊，原來是……」

可是緊接著，他們就發現自己這口氣鬆得太早。他們忽然沒法子動了，不管手、腳，就連聲音也出不來，只剩拚命轉動的眼珠洩露了他們的驚慌失措。

這是怎麼回事？這是怎麼回事！

紅磚路上，一群年輕男女就像雕像般動也不動，彷彿沒見到眼前怪異的景象；抑或是，覺得這一點也不怪異。

踩出啪噠啪噠腳步聲的纖細人影終於來到他們面前。人影偏著臉，露出了笑容，然後伸出潔白柔軟的手指，朝著其中一人的胸口探去，做出了一個如同拉扯的動作。

少年睜大眼，他看不出對方想拉出什麼。

可是就在下一剎那，他眼內的驚疑變成恐懼。不只他如此，他身邊的朋友們也全都露出駭然的眼神。

少年的腳底下出現了詭異的黑暗湧動。

瞬間，黑暗衝出紅磚路面，如同一隻咬上餌食的大魚在空中甩出一個弧度，隨即又對著正下方的少年暴衝而下。

當所有年輕人全都仰起頭，臉龐因恐懼而扭曲時，人影發出了愉悅的咯笑聲，吐出了宛若詛咒的話語：「接下來，就輪到你們幾個了，乖乖地成爲瘴的宿主吧。」

第七針

那幾乎是無預警的事。

一刻等人原本還在淨湖旁進行搜查，卻沒想到就在下一瞬間，一股龐大濃烈的妖氣洶湧襲來，轉眼籠罩了整座淨湖以及附近地域。

是瘴！

那是瘴的妖氣！

一刻大吃一驚，但他的眼神瞬凜，無名指上立即浮現出一圈橘紋。沒有多加猶豫，他直接先召出屬於自己的武器。

「我，宮一刻，發誓對織女奉獻出眞心、忠誠，在此說出我願意——指令，戰鬥！」

瞬間，一刻從空中憑空生成的橘色螺旋紋裡抽出一把細長如劍的白針。

不單一刻採取行動，同爲神使的蘇染他們也握住了屬於自己的武器。蘇氏姊弟手持長刀，臉頰烙上紅紋，氣勢威凜。

夏墨河的指間纏繞白線，手腕處浮現青金色花紋；尤里則是抱著他的鐵色大剪刀躲在織女身後，圓胖的臉上滿是緊張不安。

沒有訓斥自己的部下一號要多拿出點男子氣概，織女在一發現周遭被瘴的妖氣環繞時，精緻的小臉覆上嚴肅。

「太多了……」她喃喃地說，語氣中甚至帶有一絲不易察覺的震驚。

「什麼太多？」一刻緊盯著還看不出異樣的四周，和其餘同伴將織女和尤里護在中央。

「瘴。」織女吐出一個輕聲的字，不等一刻再次詢問，她驀然尖聲高叫，「瘴來了，大家小心！尤里，立刻張開結界！」

「是、是！」尤里慌慌張張地大叫道，手指微顫卻又迅速扯出一截白線，用力拋到空中。剎那間，白線自動圍成圓，猛地往四方暴張，周圍的景象出現了一閃而逝的疊影。

當防止現實受到破壞的結界一布好，一刻他們注意到有七抹人影同時搖搖晃晃地自上坡處出現了。

那是七名年輕人——五名少年，兩名女孩——除了他們走路的姿態略顯僵硬外，乍看之下毫無異常。

但是，那濃得難以掩飾的妖氣卻讓一刻等人明白，那些人已經被瘴寄生了！

「全部……他們七個都被瘴寄生？這未、未免也太多了吧？」尤里呻吟出聲。至今爲止，他們最多也就一次面對兩隻瘴而已，可是現在一口氣就有七隻！

彷彿沒聽見尤里的慘號，一刻和夏墨河瞬也不瞬地盯著七人組中的其中三個。

——那三人，他們見過，就是騷擾夏墨河（自己）的傢伙！

一刻和夏墨河飛快地對視一眼，在彼此的眼中看見錯愕。因爲他們很肯定，在那三名少年落荒而逃之前，他們胸口的欲線最多也只有線頭冒出，加上也沒對他們抱持怨恨，怎麼可能在這麼短的時間內欲線暴長，進而引來瘴？

「一刻？」蘇染從青梅竹馬細微的表情變化，就可以察覺到事情明顯不對勁。

「有哪裡不對勁？」蘇冉也問。

「沒有受到刺激，欲線是不可能突然變長的，對吧？」一刻瞪著除了向他們靠近，就再也沒有其他動靜的七人，他沒回答蘇氏姊弟的問題，反倒拋出另一個問題。

「是這樣沒錯，妾身之前不是就教過你了嗎？」織女不解地歪下腦袋，「部下三號，你問這做什麼？」

「我想，一刻同學的意思是，有三個人不應該被瘴寄生。」夏墨河苦笑，同時在心中暗暗估量著瘴與他們之間的距離。

如果對方的力量不至於太強大，或許就不用借助尤里能削弱防禦的能力，由他們四人出手就足夠了。

「就是褐髮、自以爲帥氣一邊戴著角膜變色片、還有鬈毛的那三個。我和一刻同學十幾分鐘前曾碰到他們，他們很正常，一點也不像會馬上被瘴寄生的人。」

「哎？有這回事？」織女訝然，她迅速地轉著她的小腦袋瓜，試圖找出任何可能性。

瘴會受到欲望之線的誘引，而欲線會突然暴長，這表示欲望突然變得強烈。

驀地，織女的雙眼一亮，她欣喜地彈下手指，「妾身知道了！一定是這樣的，一定是他們對一刻你抱持著莫大的執念，腦子裡只想著要打倒你！」

「我聽妳在靠么！妳當他們都是江言一那白痴嗎？」一刻大怒。

同時間，本來毫無特別動靜的七人齊聲發出了震耳的咆哮。他們身上迅速鑽冒出一條又一條的黑暗，只不過一眨眼，就失去了人類的外形，變成宛如異形之物的存在。

當七雙眼睛亮起不祥的紅光，七名不再用人皮偽裝的瘴，頓時朝著一刻等人圍撲過去。

「操！尤里你顧好織女！」將保護織女的責任交給尤里，一刻如同一隻蓄勢待發的野獸，氣勢凶猛地迎上正前方的瘴。

紅眼的漆黑妖怪張開大口，從裡面射出無數像是觸手的長條黑暗，只不過這些黑暗還未來得及逼近一刻，就已面臨數道白痕斬過，觸手登時砸落在地。

趁著瘴發出痛苦號叫的空隙，白髮少年腳下一用力，身形快如雷電地衝至空中，在瘴來不及察覺的時候，手中白針勢如破竹地劈劃下去。

正當一刻準備給這隻瀕死的瘴最後一擊，他的背後忽然有某種不祥的呼嘯聲逼近。

一刻直覺地扭過頭，撞入眼中的赫然是另一隻瘴的偷襲！

但是還沒等到一刻做出防禦，一道中性的嗓音已經快一步斜插而入。

「線之式之一，封纏！」

大量的潔白絲線宛若獲得了生命力，靈活快速地纏繞上那隻欲偷襲的瘴，將他的一切行動都徹底封住。

一刻立刻知道是誰的援助，沒有浪費機會，他迅速地一針刺向瘴的心窩，直到對方的紅眼暗淡，最終失去光芒，這才又把白針抽回。

朝出手協助的夏墨河點點頭，一刻馬上又投身另一場戰鬥，迎接下一隻瘴。

夏墨河這次沒有再出手，他知道一刻應付得來，他的目光投向了另一側。

蘇染、蘇冉同時正和三隻瘴纏鬥，雖說一時分不出勝負，但很明顯，那對姊弟居於上風。避開血污會沾到的範圍，蘇染和蘇冉面無表情，長刀上的奔雲花紋比鮮血還赤紅，襯得他們冰冷的藍眼睛有種駭人的魄力。

而這份魄力，竟使得他們面前的瘴，無意識地往後退了幾步。

那是畏怕，那是畏怯！

光從這點來看，夏墨河就知道這些瘴的能力低下，無法和他們以往消滅過的瘴相比。無法說出人話、寄生型、低智慧……這樣的瘴，爲什麼會一口氣出現七隻？

腦海中剛閃過這念頭，夏墨河就聽見另一端爆出了驚慌失措的哀叫。

「哇！爲、爲什麼還是注意到我們了!?」

夏墨河飛快轉過，正好望見尤里拉著織女慌張地東奔西逃，身後追著另一隻相貌醜陋的妖怪——第七隻瘴！

沒有多加思考，夏墨河扯開指間白線，「線之式之二，定影！」

白線分化多條，轉眼就如白蛇竄出，卻不是攻擊瘴本身，而是爭先恐後地咬上瘴身下的影子，他就維持著欲攻擊尤里等人的姿勢，一動也不動地僵立原地，彷彿全身被凝固了。

下一秒，一道白影飛也似地刺來，瞬間貫穿瘴的胸口，再從後背穿出。

當鋒利無比的白針脫出瘴的身體時，竟在半空中崩解了形體，消失蹤影。

被貫穿出一個窟窿的瘴只能繼續固定不動，但漸漸暗下的紅眼卻顯示了生命力正在流失。

待瘴的雙眼完全失去光芒，夏墨河這才解開他施加在對方身上的束縛。

「這樣七隻都解決了吧？」一刻走了過來，眼裡還留著難以消退的戾氣，手中還握著剛剛在空中消失的白針。

「我猜差不多了。」夏墨河看著不遠處正逐漸回復成人類姿態的幾抹人影，輕輕頷首。

一、二、三、四、五，已經有五名男女完全恢復正常。

「到底是爲什麼會突然有那麼多？他們約好在這開趴嗎？」一刻狠狠地皺緊眉頭。就算這些是他碰過最弱的瘴，但數量未免也太誇張了。緊接著，他的目光一轉，竟是凶惡地瞪向尤里，「尤里！」

「噫！是、是！」突然被點名的尤里嚇一跳，抱著沒有派上用場的鐵色剪刀，緊張地挺直背脊。

「我說，你那把剪刀是拿好看的嗎？啊？」一刻的眼神像是要將眼前的小胖子給生吞活剝，「就算那些傢伙弱到不用你降低他們的防禦，但你好歹也可以用剪刀攻擊他們吧？」

「可、可是……」尤里結結巴巴地小聲說，「可是用剪刀卡嚓掉他們的頭，感覺有點嚇人耶，一刻大哥。」

這下愣住的人換成一刻，他最多也只是想到用剪刀剪掉他們的觸手，怎麼尤里一想就想到那邊去了。靠，其實這胖子比想像中還要凶殘吧？

「我想，這些瘴約在這開趴的機會不大。」夏墨河若有所思地望著尚未回復人形的兩隻瘴，他注意到蘇染和蘇冉也走了過來，他朝他們點點頭，隨後他的目光轉向織女。

奇異的是，這名細眉大眼的小女孩不像平時興致勃勃地加入一刻他們的談話之中，反倒是瞬也不瞬地望著那兩隻還未回復人形的瘴。

「織女大人？」夏墨河訝異地問：「他們有什麼問……！」

話還沒說完，夏墨河臉色就變了，他不敢相信自己到這時才反應過來。

有問題，那兩隻瘴確實有問題！如果他們眞的遭到消滅的話，被他們寄附的宿主應該會立刻變回人類。

換句話說，現在的情況根本是……

「部下一號、二號、三號，還有候補！這兩隻瘴沒死！」不等夏墨河開口，織女急聲高喊，她小手一揮，飛快下達命令，「快點通通退開！」

但是，這聲警告還是來得太晚。

兩隻瘴的雙眼猛然亮起猩紅光芒，與此同時，他們的身體居然散裂成多塊碎片，每一片眨眼間蠕動擴大，塑成和瘴分解前相同的姿態。

不消一會兒，空地上竟出現了比一開始還要多的數量。

一、二、三、四……整整十二隻瘴！

其中兩隻離織女和尤里特別近，他們立即發動攻擊，大嘴一張，嚇人的黑觸手蜂擁噴出。

「織女大人！」

「尤里！」

顧不得自身的安危，一刻等人不約而同出手，心裡想的全是救下織女和尤里，絕不能讓他們受到傷害。

夏墨河和他們之間的距離最短，因此他的速度也最快。

「線之式之八，蛛網！」夏墨河飛快催動白線，意圖在織女他們身前架出一面嚴密的防護網，然而他也因此疏漏了自己的腳下，一條暗黑觸手竟無聲無息地逼近。

等到夏墨河驚覺有異時，已經來不及了。

漆黑的觸手猛然纏住他的腳，瞬間竟將他大力地扯拽起，拋向淨湖中央。

「部下二號！」織女駭叫。

「夏墨河！」一刻也目睹了這一幕，但必須先救下織女他們的他卻來不及出手。

蘇染和蘇冉齊齊往湖心掠出，可是他們和夏墨河的距離終究太遠。

眼見夏墨河就要墜入湖裡，突然間，幽綠的湖面驟起波濤，大片水花飛也似地捲起，從中攔下了夏墨河下墜的身勢，緊接著將那具纖瘦的身子送回岸上，化解危機。

這不可思議的變異，讓一刻等人不禁愣在原地，有關淨湖守護神的傳說頓時閃過腦海。

夏墨河撐起身子，連他自己也搞不清楚怎麼回事，唯一肯定的是有「什麼」幫了他。

不及細想對方身分，映入眼中的畫面令他驚喊出聲，「小心！」

一刻他們因爲淨湖的變異而愣在原地，卻不代表那些獐也會跟著愣在原地。

千鈞一髮之際，一束乍然竄向高空的碧綠光芒，吸引了獐的注意力，他們下意識仰起頭，看著那束在夜空中異常顯眼的綠光。

沒想到就在下一秒，高空中的碧綠光束如同煙花迸射，分散出數十道更細小的光束。隨即所有光束以最快速度落下，當場刺穿下方十二隻獐。

還沒等紅眼妖怪感覺到痛楚，一抹矯健的身影已迅速欺近，凡經過之處皆帶起一抹綠芒。

數十道深綠光芒轉眼間全落至獐的身上，隨後是大股鮮血紛紛從那些深足見骨的傷口內湧冒出來。

等到人影重新站在地面上時，他的身後橫倒著十二隻瘴，每隻身上都是猙獰嚇人的切口，只能在鮮紅腥臭的大片血泊中不斷抽搐。

「唔喔，只送一箭果然不夠！」清脆的女聲自上方響起，在寧靜的淨湖畔顯得格外清晰。

女孩的聲音從環湖步道旁的路燈上落下，在那裡，正踞立著一抹嬌小纖細的人影。由於逆光，看不清楚臉，她手裡搭著一副長弓。

「一開始就該拿出實力，毋須因爲對方弱小就手下留情。」路燈下的高個子少年平淡地開口，他的兩手各提著一柄長劍，劍身上烙有類似植物枝蔓的深綠花紋。

「那還不簡單？」女孩突然舉弓搭弦，長弓上瞬間憑空生成一支散發碧綠光芒的長箭。

下一秒，長箭無預警地射出，在空中再次散成十來道的碧綠光芒，每一束光芒準之又準地沒入瘴的頭顱。

於是本來還在微弱抽搐的瘴，頓時動也不動。

路燈上的人影迅速躍了下來，那不該是人類能承受跳躍衝擊力的高度，她卻能毫髮無傷地踏在地面上。

「好啦，現在就算有拿出實力了吧？」女孩咯咯笑起，同時一腳毫不在意地踩在其中一隻瘴的腦袋上，當場將那顆頭給踩了個扁碎，濺出一地血腥。

那種不以爲意、彷彿將瘴視爲次等物的態度，令一刻等人看了不禁愕然。

女孩和少年並肩站在一起，他們同時轉過頭，望向一刻等人。

即使不憑藉月光或路燈光芒，一刻等人還是能清楚地瞧見對方的相貌。

拿著長弓的女孩有張可愛的臉蛋，蓬鬆鬈翹的髮絲貼著臉頰，圓圓大眼令人想到小動物，手持雙劍的少年個子高挺，五官俊秀中帶有一絲冷硬，沉如鐵塊的眼神顯示他不會輕易改變決定的性格。

而不論是女孩或少年，他們的中指至手背上——一人在右，一人在左——皆浮現出細長的奇異花紋，女孩是淺綠，少年則是深綠。

尤里沉不住氣地倒抽一口氣。

那個花紋……分明就是神紋！

「所以說，你們也是神使？」夏墨河的表情帶著驚訝和複雜，「……蔚可可、蔚商白。」

「誰？」一刻反射性地開口。

「咦咦咦？不會吧，我們下午不是才見過面嗎？」蔚可可大受打擊，不敢相信一刻居然那麼快就忘了她，「是我啊，湖水高中一年級，蔚可可呀！」

「對夏墨河一見鍾情的那個女生，一刻。」知道好友有認人障礙的毛病，蘇染淡淡提醒。

這麼一說，一刻倒是有印象了。他看看蔚可可，再看看蔚商白，即使兩人外表不像，可是光憑同姓「蔚」，也猜得出他們之間的關係。

「該不會他就是妳哥？妳打算替他徵女友的那……慢著。」一刻忽然自己打住了話，他再次看向蔚可可和蔚商白，最後視線落至這對兄妹的手背上。

直到這時，他才終於醒悟過來剛剛發生的一切，以及夏墨河說的那句話所代表的含義。

神紋，神使，神明的使者。

「你們也是神使!?」一刻愕然。

「欸？幹嘛那麼吃驚？要吃驚的人反倒是我和我哥才對吧？」蔚可可收起長弓，讓自己的武器化為光束，鑽入手背的綠紋裡，「你們居然也是？而且還通通都是！一、二、三、四、五，我第一次看到那麼多神使耶！」

「沒錯，部下三號，太大驚小怪是不行的。妾身不也曾說過，世間神明不只有妾身一人，神使當然也不會僅有一位。」織女推開一刻，走到蔚氏兄妹面前。她上上下下地打量了他們一遍，接著目光落至蔚商白的臉上，她若有所思地點點頭，「果然，妾身當時沒弄錯，你的身上沾有仙氣，這表示你擁有他神給予的神力。」

「當時？喂喂，那個當時是什麼時候？」一刻的眉毛不悅地揚起。

「今天下午，一刻你不在啦。」織女敷衍地揮揮手，「拚命追問只會讓女人覺得厭煩。」

「煩妳媽啦！」一刻的額角迸出青筋，一把拎起根本就弄錯重點的織女，「妳知道這裡有其他神使幹嘛不說？」

「可是一刻你又沒問妾身呀。」織女理直氣壯地挺起小胸膛。

「我沒問……」一刻的表情趨近猙獰，「幹妳娘咧！老子根本就不知道是要問鬼？妳他媽的哪時候才能學會有情報要先呈報？妳這個乾扁四季豆蘿莉！」

「四季豆？一刻你太無禮了！你有看過這麼可愛的四季豆嗎？」織女氣呼呼地撲向一刻。

「哇！織女大人、一刻大哥，你們快住手啊！」尤里慌張地抱住織女，以免她眞的張嘴咬上一刻；另一邊，脾氣火爆的白髮少年則由兩位青梅竹馬從左右架住。

「冷靜，一刻。」蘇染說。

「她是你上司。」蘇冉也說。

夏墨河有些啼笑皆非地看著又鬥起來的一刻和織女，他沒有發現他的眼神在此刻有多溫柔，和他面對外人時有距離的親切笑容完全不一樣。

但是蔚商白發現到了，他感覺到心中好像有一絲異樣掠過……

沒注意到兄長的視線注視著夏墨河，蔚可可正喃喃重複幾個詞，「織女大人……上司……織女大人……上司……」

倏然間，這名可愛的女孩抽了一口氣，她用力地抓住兄長的手臂，「哥、哥！她是織女，那個小孩子居然是『牛郎織女』中的織女！不是什麼無名神耶！」

「無名神？」一刻沒漏聽這個陌生的詞彙，他和織女同時中止大眼瞪小眼的角力活動，迅速看了過來。

「妳知道無名神的意思？」織女詫異地挑起細細的眉，「就算是神使，吾等同伴應當也不會透露予你們知情，除非……賦予你們神力的正是無名之神？」

「妳怎麼知道？我們的神明大人就是……」蔚可可的話說到一半，就被一隻手無預警地摀住嘴巴。她嚇了一跳，吃驚地看向摀著她嘴的兄長。

「賦予我們神力的是淨湖的守護神，如果妳想見她，恐怕得失望了。」蔚商白態度強硬地說，「她已經有一段時間不曾露面，連我們兄妹也不見，無論我們如何呼喚。如今時間已晚，恕我們先行離開。」

語畢，也不給織女再有追問的機會，蔚商白拉著自己的妹妹，兩人的身影眨眼間就消失在淨湖湖畔，一如來時那般突然。

「那傢伙是在搞什麼？」一刻咋了下舌。蔚商白的態度沒有惡意，但也絕稱不上善意，「簡直像不歡迎我們，因爲這地方是他們的地盤嗎？」

「不，我覺得不是這樣呢，一刻同學。」夏墨河理智地分析，設法忽視心底的失落。

蔚可可他們的出現，是不是表示那救了他的力量是屬於他們的？他原本還以爲，那會不會可能、可能是……

「蔚商白的態度明顯是因爲聽見蔚可可說出了『無名神』才改變的。」夏墨河定下心神又說道：「他給人的感覺，就像是不想讓人知道淨湖的守護神正是所謂的『無名神』。」

「那到底什麼是無名神？」一刻皺著眉，聽半天還是弄不明白。

「墨河，我也想知道呢。」尤里舉手發問。

夏墨河露出傷腦筋的微笑，就連他其實也不甚清楚。

「聽起來是沒有名字的神。」蘇染提出了自己的看法。

「就是沒有名字的神沒錯。」織女稚氣的聲音將話接了下去，「然而，並非是你們所想的一般名字，而是『神名』。如同妾身被稱爲『織女』，爹親就是『天帝』，默娘則是『媽祖』……吾等皆是擁有神名之神，被記載於人世之中。可是無名神正好相反，他們雖也具備神力，但終有一天會力量消逝，寂滅於這世間。假使這湖的神是無名神，那麼按照那個神使的說法，他們的神很久沒出現，有可能是力量減退的緣故。」

織女忽然轉頭走向湖邊，她佇立在湖水前，抬手壓住被風吹拂的髮絲，黑亮的雙眸瞬也不瞬地凝視幽暗的湖心。

「但妾身無法理解的是，假使淨湖的守護神已經虛弱得無法露面，那麼妾身感應到的那縷似曾相識的仙氣，究竟又是怎麼一回事？」

誰也沒辦法回答這個問題，因爲他們也想知道這究竟是怎麼回事。

那縷不明的詭異仙氣和突然出現的七隻瘴，加上新神使……似乎有什麼正悄悄地改變了。

「行了，妳在這裡吹冷風、盯著這湖整夜，答案也不會自動從天上砸下來。」一刻走向前，揉揉織女的腦袋，「先回去吧。」

「啊，你把妾身的頭髮弄亂了！部下三號，妾身命令你要買特大號布丁給妾身當點心！」織女雙手扠腰，義正辭嚴地表達自己的不滿。

「管妳去死。」一刻直接給她一記大大的白眼，也不管那張小臉不滿地鼓起臉頰，他向著眾人一拍手，「好了，可以解散了，誰想幹啥就去幹啥，老子要回房間看電視了。」

「如果不介意的話，也請讓我到你們那叨擾一會兒吧。」

「織女大人、織女大人，妳也來我們房間吧，小千做了很多餅乾呢。」

「喔喔。」

「還有，我們晚上有買布丁，是準備拿來當宵夜的，當然有特別多買幾個。」

「喔喔喔！」

習慣性地只是聆聽而沒有加入對話，蘇冉從口袋拿出耳機，準備重新播放手機裡的音樂。但是正當他要戴上的時候，他忽然停住動作，就連腳步也頓了一下。

這名寡言的藍眼少年回過頭去，視線瞥向大半都融入山影裡的淨湖。

「怎麼了？」蘇染發現自己弟弟的這個小動作，她也跟著略頓步伐，回頭凝望淨湖，她沒有看見什麼「異常」。

蘇冉又多看了幾眼，隨即轉回視線，他搖搖頭，「不確定，也許錯覺。」

「喂！蘇染、蘇冉你們在幹嘛？」走在前方的一刻注意到青梅竹馬落後，回頭催喊。

蘇染和蘇冉不再多逗留，他們同時邁步跟上。

蘇冉戴上耳機，將那句飄渺的呼喚留在身後，他沒有跟誰說他聽見了什麼。

他聽見——請……幫幫……拜託……

□

少了人煙的淨湖，在夜間顯得格外幽靜、清冷。

即使環湖步道旁的路燈還發著光，但那抹光亮依舊到不了湖心，倒映著層疊山影的淨湖中央看起來就像凝聚著一團幽暗。

驀地，平靜的湖面起了波紋。起初就像夜風拂過，但漸漸地，水面上的波濤越來越大，最後甚至捲起數尺高浪。

當大量的水嘩啦地自高空砸墜下來時，湖面上忽然出現了一抹纖細的女性身影。

女子披罩著花紋繁複的長長外衣，衣服下襬竟和水接融一起，彷彿她自水而生。銀白長髮宛若流水般披散身後，典雅白皙的面孔上是雙蔚藍色的眼珠。

那雙眼珠奇異地帶點剔透，就像玻璃珠般，那並不是人類擁有的眼睛。

銀髮女子輕輕抬起一隻手。

原本平復下來的湖面，頓時似乎又因爲這個舉動而有所反應。水花再次捲起，只是這次卻是在半空中開始凝聚。水越聚越多，最終形成了一個大致的人形。

女子開口，聲音溫婉柔和，「吾，賜名『理華』予你。從此刻，你將擁有五官、身體、靈魂，你將獨立於吾而存在。」

隨著那如同低吟的句子落進空氣之中，那具僅僅由水塑成的人形，竟開始從指尖部分滲入幽藍以外的色彩。

手指、手臂、肩膀、脖頸、臉、雙足——

當銀髮女子收回手，佇立在她面前的已不是那具徒具輪廓的水人形，而是一名擁有銀白髮絲、蔚藍眼睛的小男孩。

「找到那些神使，理華。找到他們，請他們……幫幫那兩個孩子……吾已經，即將無能爲力了……」女子嘆息，語氣中含有一絲哀傷。

銀髮藍眼的小男孩屈下膝、低下頭，「謹遵命令。」

第八針

白色立扇慢吞吞轉動著，慢慢地將涼風吹散到四周。

任憑自己的頭髮被吹得亂七八糟，宮莉奈動也不動地趴在客廳地板上裝死，身旁是她製造出來的垃圾——飲料罐、零食袋、廣告單，還有三天份的報紙。

已經過了三天，宮莉奈總算是很努力地沒讓自己淹死在垃圾堆底下，但她現在卻覺得寂寞得要死。

「啊啊，小一刻和織女到底哪時候才回來……」穿著大花睡衣的娃娃臉女子無聊地滾動起身體，她的眼睛閉著，可就是有辦法避開地上那些垃圾。

宮莉奈是在今天一早收到自家堂弟的簡訊，簡訊裡說他們大概下午就回來了，只不過她等到都快五點了，大門開啓的聲音卻還是遲遲沒有響起。

「乾脆打手機問吧……沒錯，還有這個辦法嘛！宮莉奈妳眞是天才！」對自己想到的點子得意不已，宮莉奈睜開雙眼，開始四下尋找自己的手機。

地板上沒有，旁邊沙發上也沒有，那麼是在桌子上嗎？

宮莉奈慢慢地蠕動身子，往長桌的方向靠近，接著她使勁地抬起脖子，果然在桌上發現她苦苦尋找的手機。

宮莉奈又趴了回去，這次她改伸出手臂，直接讓手指在上面摸索。不過，才剛碰到手機外殼，客廳裡猛然響起高亢的門鈴聲。

「哇啊！」宮莉奈嚇得彈起身，一發現是門鈴在響，她鬆口氣地拍拍胸脯，「嚇我一跳，原來是門鈴……啊，該不會是小一刻他們回來了？」

宮莉奈忽然想到這個可能性，精神立刻都來了。她還記得自己身上穿的是大花睡衣——要是被她堂弟看到這模樣，一定會被皺緊眉頭的對方訓斥一頓——所以她趕緊衝向二樓，打算用最快的速度換下衣服。

但才跑到階梯中段，宮莉奈又想起一件事，「等等，小一刻有帶鑰匙，那會是誰？唔嗯，我知道了！說不定小一刻玩累到睡著了，是小染他們送他和織女回來的……一定是這樣！」

覺得這個猜測最有可能，宮莉奈馬上加快步伐，急驚風地衝進房裡，沒一會兒又衝了出來，身上已換成簡單的白色T恤，就連方才用鯊魚夾夾得亂七八糟的頭髮也經過了大略地梳理，總算和披頭散髮的模樣有著相當遠的一段距離。

宮莉奈乒乒乓乓地跑向玄關，拉開大門，端出大大的笑臉。

「小一刻，你們終於回——啊咧？」

宮莉奈臉上的笑容瞬間轉成錯愕，她放開原本還抓著的門把，呆然地看著門外同樣一臉吃驚的中年人——一個陌生的中年人。

「呃……」宮莉奈很快收起臉上太露骨的表情，她不著痕跡地擋在門口——聽說最近有出現那種硬是要闖入別人家推銷的惡質推銷員——然後遲疑又謹慎地開口了，「請問你要找哪位？如果是推銷報紙或什麼的，我們家不需要。」

中年人一愣，接著他有些尷尬地搖搖手，「小姐妳誤會了，我不是什麼推銷員，我是前天搬到你們家隔壁的，敝姓鍾。這個……好不容易這幾天終於都安定好了，想說和鄰居打個招呼，之後也好互相有個照應。」

「隔壁？隔壁十三號？」宮莉奈恍然大悟，想起前天隔壁屋子確實是在搬家，「你好、你好，鍾先生。喔，我姓宮。不好意思，我剛還以爲是我弟回來了，希望沒嚇到你。」

「哈哈，其實是有嚇一跳。」中年人似乎解除了尷尬，他打趣地笑道，將另一隻手一直提著的小盒子遞向宮莉奈，「宮小姐，這是一點見面禮。啊，裡面是小蛋糕，我在麵包店工作，時常可以帶一些回來，還請妳別客氣地收下。妳可以和妳弟弟一起吃，小孩子應該都很喜歡蛋糕的。」

「那我就不客氣了，眞的很謝謝你，鍾先生。」宮莉奈笑咪咪地道謝，也沒特意解釋她的弟弟其實年紀已經不小了，「我弟回來後一定也會很開心……咦？那是？」

宮莉奈忽然注意到巷口出現了兩抹人影，一大一小。大的那位一頭炫亮白髮，小的那位則是髮長過腰，烏黑得像是能反光。

中年人也發現到宮莉奈的視線移轉，他跟著轉頭看去。一看見那名白髮少年時，忍不住吃了一驚，「那、那是不良……」

「小一刻！織女！」宮莉奈欣喜的叫嚷蓋過了中年人的疑問。

反應過來自己誤認的不良少年居然就是宮莉奈的弟弟，中年人尷尬地連忙閉上嘴。

而聽見宮莉奈叫喚的一大一小也朝她舉手當作招呼，但是當他們看見站在一旁的中年人時，他們一愣，接著有志一同地加快了腳步。

「你是誰？」一刻的個子高，步伐也邁得大，沒幾步他就扔下織女，站定在中年人面前。他瞇細雙眼，目光凌厲凶狠，配上他引人側目的外表，登時讓中年人微白了臉，下意識地往後退一步。

「我……」中年人似乎一下子忘記該怎麼介紹自己。

「小一刻，這位是鍾先生，我們的新鄰居，前天搬到隔壁的屋子。」

「隔壁屋子？妳說十三號那家？」一刻皺著眉，上上下下審視新鄰居一眼，想起當時在睡夢中聽見的小孩子吵鬧聲，他咋了下舌，但隨即又像失去興趣地轉開目光，「莉奈姊，我先進去了。織女，快邁動妳的小短腿！」

「誰小短腿？你全家才小短腿！」晚了好幾步回到屋子門前的織女氣惱地喊，她抓過一刻的手，不客氣地咬了一口，然後像是沒看見他鐵青的臉，跟宮莉奈說了一句「妾身回來了」之後，就大搖大擺地走到玄關。

礙於自家堂姊在場，一刻沒法罵髒話，也不能逮住織女打她一頓屁股，他只能深吸口氣，暗暗將這筆帳記下。殊不知他此刻的猙獰表情，使得一旁的中年人提心吊膽地又退了好幾步。

「你也進去吧。」宮莉奈拍拍堂弟的肩膀，「記得打電話給我媽喔，她今天有打來問你的情況。」

「知道了。」一刻沒多看向中年人，他一邊走進屋裡，一邊伸手往放著手機的口袋摸去。

沒想到這一摸，一刻卻是愣住了，口袋裡空盪盪，什麼也沒有。

靠杯！他的手機呢？一刻放下行李，兩隻手急忙全身上下摸一遍，但是那隻掛滿可愛吊飾的粉紅色手機就像憑空消失，怎麼找也找不到。

是失蹤到哪裡去了？一刻擰起眉，試著回想他到家前的行程。

他們今天是搭夏墨河家的車回來的，在上車前他都還確定自己的手機好好地待在他的口袋裡。也就是說，手機最有可能是在……

叭——

門外無預警地響起一聲汽車的喇叭聲。

一刻反射性轉身向外看，不只是他，連還在門外談話的宮莉奈和那名中年人都有些吃驚地看著屋子前停下的一輛黑色轎車。

一刻認得那輛車。

貼有隔熱紙的後座車窗降了下來，車窗後露出一張秀麗的臉。

夏墨河笑吟吟地看向一刻，手裡抓著一支粉紅色手機，「一刻同學，你的手機忘在……」

剩下的話夏墨河沒說完，他瞧見站在門旁的中年人，眼裡先是出現困惑，接著轉爲驚訝。

「……鍾叔？」

被稱爲「鍾叔」的中年人看起來比夏墨河還要震驚，他呆傻了好半晌，才終於從嘴巴裡擠出聲音。

「墨……墨河少爺!?」

一刻可沒想到事情居然這麼剛好，他們家隔壁新搬來的鄰居竟會是夏墨河家以前的司機？

這世界有時候眞他媽的小。

一刻抱著自己最喜歡的大熊玩偶，在床鋪上滾動一圈。

就像他想都沒想過在湖水鎮纏上他們、宣稱對夏墨河一見鍾情的那名女孩子，眞實身分和他們一樣也是神使。

蔚可可、蔚商白，這對兄妹兩天前出現在淨湖，眨眼間將十二隻瘴消滅後，沒多久便消失了蹤影。

一刻知道世上不只他們幾個神使，可是他也沒想到只是到湖水鎮觀光一趟，就會讓他們碰上兩名同行。

原本一刻他們想在隔天再找上蔚氏兄妹一次，卻沒料到對方已經不在鎮上了。根據夏墨河向湖水高中學生們詢問來的消息，只知道他們出遠門去了。

找不到人，也就意謂著沒法子向他們打探事情。

淨湖守護神的事、不明仙氣的事、同時出現圍攻他們的那七隻瘴……

一刻煩躁地彈了下舌，一堆事想知道卻找不到人問，也不知道淨湖守護神的目前的情況，最後一行人只能認命地當了兩天觀光客打道回府。

「馬的，越想越煩！」一刻用力地抱緊懷中玩偶，好像這樣就能抒解壓力。

「煩？有什麼好煩的？」稚氣的童聲問。

「還不就是煩……幹！織女妳是要嚇死人嗎？」一刻下意識地順著那道聲音看去，房門不知何時被打開了，從外探入了張屬於織女的小臉，當場嚇得沒心理準備的一刻罵出髒話。

「眞沒禮貌，妾身怎麼可能嚇死人。」細眉大眼的小女孩推開房門，大刺刺地走進來。她爬上椅子，坐在書桌上，理所當然得彷彿她才是這間房間的主人。

「妳來我房間幹嘛？都要十二點了，小鬼就乖乖滾回房間睡覺。」一刻懶得出聲糾正她坐的地點錯誤——起碼她這次是用坐的，而不是穿著鞋子踩在上面。

「妾身是淑女，才不是什麼小鬼。」織女皺皺俏挺的鼻尖，「因爲一刻你心煩嘛。妾身可是會聆聽部下心聲的好上司，所以……」

「所以啥？」一刻瞪著她。

「所以就告訴妾身吧，來吧！」織女張開手臂，「任何事情都可以，舉凡上廁所不順、交不到男女朋友，這些通通都可以告訴妾身。不過不接受要求加薪，也不能想把妾身房裡的娃娃都拿回去！」

「去妳老木！」一刻抓起枕頭，不客氣地扔砸向坐在桌上的小蘿莉，「誰上廁所不順？妳全家才上廁所不順！」

「唔，爹親近年來是有點便祕啦。」織女若無其事地說出了其實相當驚人的消息。

一刻目瞪口呆。天帝？便祕？

三秒後，他果決俐落地把這條訊息從記憶庫裡刪除。

「我不會把妳房裡的那堆娃娃拿回來，說是送妳就送妳了。」一刻重重地倒回床鋪上，被織女這麼一鬧，他連煩的心情也沒有了，「我也沒事要跟妳傾吐，妳可以回房去了。讓莉奈姊看見，當心她搬出一堆好孩子應遵守規則來唸妳。」

「放心，妾身看過了，莉奈已經睡了。所以一刻，你也不用擔心會被她誤會成要夜襲妾身這麼清純可愛的小蘿莉。」織女踢晃著一雙小腳，甜甜地笑著。

一刻朝她比了一記中指當作回答。

「好，言歸正傳！」織女從桌上跳了下來，她瞄瞄開了一半的窗戶，忽然走過去將之關上，還上了鎖，連窗簾也一併拉起。

「妳這是做什麼？」一刻看得一頭霧水，「別跟我說妳來我房裡，就只是爲了做這事？」

「當然不是！」織女伸手指著一刻，一雙大眼睛像探射燈緊盯不放，「聽好了，一刻，妾身這樣做只是一種防護，避免不該進來的東西闖進來。」

「什麼？小偷嗎？」一刻越聽越糊塗，「要是有小偷，我會直接……」

「不是、不是！部下三號，妾身眞不敢相信，你怎麼就只能想到這種事？」織女像是惱怒地揮動雙手，她甚至還跺了跺腳，「就是那個、那個啊！」

「哪個？」

「那個……妾身不會形容。」織女乾脆地放下雙手。

一刻呆了呆，然後他作出今晚最明智的決定。他將說半天卻說不出個所以然的小女孩一把拎起，打開房門，扔到外邊的走廊上。

「去睡覺，晚安。」

卡嗟，房門被重新關上。

織女傻愣愣地瞪著那扇緊閉的門板，半晌後才反應過來自己被丟出來了。

「一刻，等等！部下三號，妾身還沒說完啊！」顧忌大叫會吵到宮莉奈，織女壓低聲音，急切地說，「妾身感覺到有什麼在，妾身說不明白……但預防萬一，你今晚別開窗。所謂的

『家』，就是一種最簡易的結界，可以阻擋不受歡迎的客人入侵，除非主人親自開口邀請。總之，不准開窗，這是妾身的命令！」

發現到屋內關了燈，沒有傳出任何回音，織女不敢相信地瞪圓眸子。

「什麼？就這樣不理妾身睡了嗎？竟如此無禮到這種程度，忽視淑女會遭天譴的！一刻，妾身詛咒你明天上廁所不順！」

語畢，織女還踢了下門板，這才氣呼呼地大步離去。

而房間內，其實還沒睡下的一刻翻了個大大的白眼。最好有淑女會詛咒人上廁所不順，不過算了，她沒詛咒人不舉就不錯了。

一刻躺進床鋪，看著那扇被關得嚴密的窗，他也不打算打開、試驗織女話語的眞假。就算因爲將大部分的神力分給了他們，但織女畢竟是神，她的感覺不會出錯的。

問題是，是什麼想進來？爲什麼剛好挑在他們回來的今天？

總不可能是從那裡跟著他們回來的吧？

不，怎麼可能會有這種事。

暗笑自己的胡思亂想，一刻決定閉上眼，等明天再來思考。

旅遊的疲累讓一刻沒多久就睡著了，然後他作了一個夢。

一個關於許多水的夢。

□

一刻猛地睜開眼睛，發出像是哽住的聲音。他的呼吸紊亂，心臟狂跳，還頭痛欲裂。

他按著頭坐起，射進房內的大片光線讓他明白現在已天亮。

該死的太陽，他明明睡了，爲什麼卻像沒睡多久？一刻懊惱地吐出呻吟，重重地又倒了回去。他還記得他作了一個夢，夢裡有大片的水朝他追來，不論怎麼跑就是緊追不捨。

當他心想要淹就淹吧，水卻又停了下來，靜止在他面前，甚至給人一種在凝視的錯覺。

而奇異的是，那水是碧綠色的，像淨湖那樣美麗的綠色。

不是因爲去了湖水鎮才作這種怪夢吧……

「磅」地一聲打斷了一刻的思考，他的眉頭緊皺起來，發覺聲音不是從他們家傳來的，而是來自隔壁。

天知道是什麼東西倒了。

這麼說起來，他昨夜在睡覺時，似乎也一直隱約聽到乒乒乓乓的聲音，簡直像有個過動的小孩拚命在發洩精力。

似乎要證明一刻的猜測，緊接著他便聽見一聲高亢尖細的叫嚷，那是屬於小女孩的叫聲，接下來又是乒乒的聲音響起。

「幹！隔壁是不會管一下嗎？」一刻被吵得心火直生，他乾脆拉起被子，蓋住自己的腦袋。但沒想到隔壁的聲音稍歇，隨即竟是換他的房門外響起啪噠啪噠的奔跑聲。

還沒等到一刻哀號起「讓我多睡個五分鐘是會死嗎」的時候，他的房門已被人用力打開，稚嫩的叫喊像海浪般潑灑進來。

「一刻起床！你今天要上學，不可以……」小女孩的聲音就像噎到似地戛然而止。怎麼了？這奇怪的反應讓一刻頓時沒了賴床的心思，他迅速掀開棉被坐起，看向站在門口的織女。

織女似乎沒察覺到他已起床，她站在原地，一雙大眼怔怔地看著某個方向，潔白的臉蛋上則是布滿震驚。

她在看什麼？一刻心裡不由得一悚，反射性順著織女的目光望向自己房裡的地板。

這一看，呆住的人換成一刻。

白髮少年連話也說不出來，他只能呆若木雞地瞪著那一大片地板。

在日光的照耀下，不管是誰都能清楚地瞧見地板上遍布著一大堆雜亂無章的腳印——濕淋淋的水漬腳印。

「妾身居然忘了……」織女喃喃地說，「昨天莉奈說過『你也進去吧』……對方早已經進來了……」

明明天氣正好，然而一刻的心裡在這一瞬間卻是不由自主地湧上寒意。

那些腳印是什麼？

那些腳印從哪裡來的？

這些問題，一刻通通沒有答案；同樣地，織女也沒辦法提出正確的看法。

但是，那名細眉大眼的小女孩卻是相當乾脆地不再給一刻追問的機會，直接將他推出去，要他乖乖上學，免得讓宮莉奈產生無謂的擔心。

「剩下的交給妾身，妾身要弄清楚，膽敢踏入妾身財產的會是誰。不用擔心妾身的安全，部下三號，即使神力不足，但妾身終歸是織女大人，天帝的女兒！」

一刻抹了一把臉，說他不在意織女的安危是騙人的，但他同時也想吐槽，那是他的房間吧？何時變成織女的財產了？

「眞是的，拿那小鬼沒辦法……」一刻嘆口氣，知道織女是不會讓他再進門的。既然如此，倒不如先去學校，中午再用「早退」的名義回家察看究竟。

正當一刻準備打電話給約好今日要一起上學的蘇氏姊弟，要他們在巷外的便利商店等他的時候，隔壁也正好打開門，從屋內走出一名中年人。

是那名被夏墨河稱為「鍾叔」的男人。

對方顯然也發現到一刻，他遲疑了一會兒，還是試圖露出一抹和善的笑容，「早，要去上學了嗎？」

一刻點頭，他盯著鍾叔，覺得對方看起來不像會放任小孩大吵大鬧的人。

鍾叔被那銳利的目光看得渾身不自在，他完全猜不出面前的白髮少年為何盯著他不放。

「請問有什麼不對嗎？呃……還是你有話要跟我說？」

既然對方主動提起，一刻本來是想質問小孩在昨夜大吵大鬧的事，可是他隨即又想起宮莉奈曾吩咐過，要和鄰居好好相處。所以他最後只是搖搖頭，簡短地說了一句「沒什麼」。

鍾叔有些摸不著頭腦，就在他半信半疑地想要再確定一次，一道清冷的女聲快一步傳來。

「一刻。」

一刻聞聲轉過頭，毫不意外地看見自己的青梅竹馬穿著制服出現在巷口。

蘇冉還是戴著他的耳機；至於蘇染，今日則有些不一樣，她沒有像往常梳綁著兩條細長的辮子，而是放任一頭長髮散落。

卻沒想到就在下一秒，一刻的身後傳來抽氣聲，還有什麼掉落在地上的聲音。

一刻有些錯愕，他扭頭，看向發出抽氣聲的鍾叔。

彷彿沒發現一刻的視線，也沒發現自己抓著的報紙掉在地上，鍾叔瞪著蘇染，幾乎不敢置信地喊出了聲音。

「墨……墨荷小姐!?」

墨河？墨荷？不對，這人說的是夏墨荷！

夏墨河原來真有一個妹妹叫作「夏墨荷」。

一刻瞬間串起某些事，他想起夏墨河當時在旅館外那驚喜又絕望的語氣。

「爲、爲什麼墨荷小姐……」鍾叔的聲音激動中帶著一絲發抖，可是很快地，他注意到蘇染異於常人的藍眼睛。他愣了一下，臉上的激動退去，又緊緊地盯住蘇染好一會兒，最後他搖搖頭，茫然低語，「不對，不是墨荷小姐……小姐她早在五年前，就已經……可是，這個角度眞的好像，那份感覺……」

「鍾叔，她是我朋友，不是你說的夏墨荷。」一刻沒漏聽關鍵字——「五年前」，他覺得自己越來越觸及事情核心。

湖水鎮、淨湖、五年前的分屍事件……

還有，夏墨荷。

「她是夏墨河的妹妹吧？她和蘇染眞的那麼像？」

「輪廓有點像，尤其是放下頭髮的時候，加上氣質……我第一眼見到時，差點以爲是長大了的小姐……」鍾叔喃喃地說，忍不住又多看了蘇染好幾眼。

蘇染和蘇冉對視一眼，他們也走上前來。

「長大後的小姐？」蘇染問。

「小姐她……她在五年前就已經……」鍾叔似乎被觸及了什麼傷心往事，眼眶忽然微微泛紅，「她明明是那麼乖巧的孩子，怎麼有人這麼狠心……」

「五年前？狠心？」一刻喃喃地跟著重複這些字眼。所有線索都已拼湊完成，眞相就在觸手可及的地方，可是他卻不願主動去碰觸。

因爲如果眞是那樣，就太殘酷了。

但是，鍾叔卻將一刻的態度當成疑問，他啞著聲音，臉上是難以言喻的傷感。

他說：「墨荷小姐在五年前……慘遭分屍被殺害了，凶手至今……身分不明……」

第九針

夏墨荷在五年前遭人分屍殺害，至今仍未破案。

比起自己猜測的，從他人口中證實這件事所帶來的衝擊，著實比一刻想像中還要大。那些在報紙電視上才會看到的社會新聞，一直以來都像帶著距離，給人一種不真實的感覺，卻沒想到有一天會發生在身邊的人身上。

失去妹妹的夏墨河，出現在湖水鎮的夏墨河。

一刻終於知道，為什麼會在淨湖遇上夏墨河，想必他是前往悼念自己的妹妹吧……

「一刻大哥？一刻大哥？」尤里看著面前一副心不在焉的白髮少年，忍不住伸手揮揮，「哈囉，一刻大哥？」

但白髮少年依舊沒聽見的樣子。

尤里想了想，決定只好逼不得已使出殺手鐧，「一刻大哥，織女大人說她要把你房間的玩偶通通丟掉！」

「幹！她敢!?」這招果然奏效，瞬間只見一刻猙獰了臉，拍桌站起。

下一剎那，一刻才發現到，自己周圍根本沒有織女的影子。坐在他面前的，是那再熟悉不過的圓滾滾小胖子；而他現在人正在教室裡。

雖然是下課時間，不管教室內還是教室外都是一片熱鬧，但坐在一刻周圍的同學們被他突來的怒喝嚇了一跳，半是驚慌半是不安地偷覷著，直到確定他沒有翻桌的打算後，才鬆口氣，轉回各自的事上。

一刻壓根不管那些目光——他一天都要被看個七、八次——他維持著手壓在桌面的姿勢，瞪著坐在他對面，還相當悠然自得吃著餅乾配牛奶的尤里。

半晌後，他終於又一屁股坐回椅上。

「爲什麼你這胖子會在這裡吃東西？這是我們班吧？」一刻態度不善地加重語氣，眼神一如往常地凶惡。

「咦？啊哈哈，一刻大哥別那麼計較嘛，反正都是下課時間。要不要吃餅乾？小千今天做的是綠茶口味喔。」尤里笑咪咪地將桌上的一袋餅乾遞給一刻，接著又指了指窗外，「小染和阿冉在外面，他們好像在談什麼重要的事。」

一刻跟著轉過頭，果然見到自己的兩位青梅竹馬站在走廊，不時還引來其他學生的注目。最先發現一刻視線的是蘇染，她中斷了和蘇冉的談話，向他點點頭，隨即那兩抹相似的身影就一前一後地走進教室。

當蘇染和蘇冉站在一刻身邊，頓時又有更多目光偷偷往他們這桌瞄了過來。

「你們在外面說什麼？」一刻問著自己的兩名好友。

「你的事。」蘇染說。

「我的事？」一刻可沒想到自己會是被談論的話題，「老子的什麼事？」

「鑑於你聽見你們新鄰居的那些話後，就有些心不在焉，所以我和蘇冉在路上也沒跟你提醒。」蘇染推了下眼鏡，藍眼犀利。

「新鄰居？」尤里好奇地插嘴。

「夏墨河家以前的司機，昨天搬來我們家隔壁。」一刻簡單地解釋。

「咦咦？那還眞巧耶！」尤里不免也有些吃驚，「不過說到墨河，他今天沒來呢。」

「他沒來？」

「對啊，我有傳簡訊問，他說中午應該就會來了，希望不要是身體不舒服。」尤里說到最後，不由得語帶擔憂。

一刻倒不擔心這個，他想起昨日夏墨河和鍾叔見面的情形，他更希望對方不是因爲觸動到心底的記憶才請了半天假。

將這份臆測壓入心裡，一刻重新把注意力轉回原先的問題。

「提醒？你們要提醒我什麼？」一刻的話才問沒多久，便後知後覺地注意到一件事——蘇冉的耳機，此刻居然沒戴上。

平時爲了不讓自己聽見太多「聲音」，他總是戴著耳機，聽著音樂。

一刻皺了下眉頭，他向蘇冉拋出一個詢問的眼色。

「希望能聽得更清楚，我。」蘇冉回答了，只是答案卻令一刻感到疑問更深。

「因為有東西在我們附近，一刻。」蘇染摘下眼鏡，依舊是一貫清冷的聲音，然而吐出來的話語卻讓尤里和一刻大吃一驚。

「有東西？什麼？什麼？」尤里反應激動，他的屁股離開椅子，慌張地東張西望。但不論怎麼看，就是沒找到任何異樣，就連周遭學生的欲線，也沒有哪一條特別長得需要注意。

「給我坐下，蘇染說的絕對不是什麼欲線。」一刻冷靜多了，他從桌下踢了尤里一腳，要他趕緊坐回椅子上。

一刻會這麼篤定，除了他和蘇染他們的深厚交情外，還有一點就是——

蘇染和蘇冉其實是看不見欲線的。也許是因為授予他們力量的守護石獅本身就是神明使者的關係，而並非真正的神，因此他們才沒辦法像一般的神使能看見欲線。

但扣除這點，這對姊弟的力量並不會輸給其他人。他們天生的強大靈力足以彌補。

排除與欲線相關，一刻立刻就想到最高的可能性。

「……鬼？」他的臉色沉了下來，眉毛緊得像是要打結，「馬的，不會吧？一早發現房間裡有東西已經夠衰了，現在還來嗎？」

「房間？」「有東西？」

這次換蘇染他們輕蹙眉頭。

面對兩道像是要將自己剖開觀看的視線，一刻老實招認，從以往的經驗來看，隱瞞他們只是浪費時間。

「別問我爲什麼，我自己都想知道。」一刻咋了下舌，「織女昨晚就說外面好像有東西想進來，沒想到今天醒來，我房間地板全都是濕答答的水腳印。」

「水的……腳印？」尤里噈噈口水，「一刻大哥，織女大人沒看出是什麼嗎？」

「沒。」一刻搖頭，「那小鬼說想弄清楚那是什麼，就把我轟出來了。換你們了，蘇染，你們說有東西又是怎麼回事？蘇冉先說，蘇染補充。」

「在你家外面就覺得有聽見什麼了，然後一路到了學校，都傳來斷斷續續的聲音，可是聽不清楚。」蘇冉平靜開口。

「對方似乎有意隱藏，蘇冉還能聽到一點聲音，但我只有在路上見到一閃而逝的……人影。」蘇染在說「人影」時，語氣上稍有遲疑，就像在斟酌這個詞是否適當，「從形狀來看是人沒錯，但無法看到模樣。那東西，感覺像是在跟著我們……或者說，是跟著你，一刻。」

一刻默然，他抿緊著唇，怎樣也沒料想到事情竟會牽扯到自己身上。

「目前的情況就是這樣。」蘇染的聲音理智淡然，她收起眼鏡，用行動表示她這一整天都會留意是否有異狀，「還有任何問題嗎？附帶一提，如果情況沒變，我們打算跟你一起回去。如果一刻你不答應，我只好提早在十八歲之前進行我的夜襲計畫。」

「隨便你們怎麼搞。」一刻翻了白眼，哪可能聽不出蘇染的意思——主動帶他們回家去，或是半夜等他們翻牆闖入。

反正結果都只有那麼一個。

可是一刻同時也知道，蘇染和蘇冉是在關心他。

「只要別讓莉奈姊發覺不對勁就行了。」一刻大手一揮，算是應允蘇染他們的提議，隨即他看向尤里，「這事你就不用和夏墨河說了，我們自己……尤里？喂，尤里！」

「啊，我有聽見！」尤里迅速回過神，他不好意思地撓撓頭髮，「抱歉，一刻大哥，我剛只是在想，小染和阿冉眞厲害耶。你明明喊的音都一樣，他們還是知道你在喊誰呢！」

「因爲我們三個認識十幾年的關係吧？」一刻已經不是第一次聽到這個問題，他聳聳肩，不以爲意地回答。

「因爲一刻不一樣。」蘇染說。

「一刻例外。」蘇冉也說。

「不愧是認識多年的青梅竹馬呢。」尤里笑嘻嘻地說。

「你自己不也有一個青梅竹馬？哪時候交往記得說一聲，老子可以送你們可愛到不行的娃娃。」一刻說這話很坦蕩，沒有取笑的意思，但卻讓尤里紅了一張圓臉。

「交、交往？沒那麼快，還沒那麼快啦……」尤里緊張結巴地擺著手，連脖子和耳朵都跟著染紅，「我和小千……總、總之，一刻大哥，我先回班上去了，我會記得和墨河說這事的，你千萬不用擔心!」

「什……操!我是叫你這死胖子別告訴他!喂,尤里!」一刻氣急敗壞地追至教室門口,然而那抹不擅運動的圓胖身影,卻只有在這種時候衝得最快,轉眼就不見了。

一刻瞪著已經找不到人的走廊,心中發誓,下節課碰到他,絕對要狠狠踢他一頓屁股。

「一刻,我也回教室了,要打鐘了。」蘇冉從後方拍上一刻的肩膀。

就像在印證他的話,下一秒,宣告上課的鐘響在校園內響起,本來還在教室外的學生們紛紛鳥獸散。

一刻抓抓白髮,重重地回到位子上坐好。還沒等他想趴下來用上課時間補眠,坐在他旁邊的蘇染就已經用捲成筒狀的課本敲過來。

「待會兒要介紹交換學生,別睡。」無視青梅竹馬射來的凶惡目光,一年六班的班長如是說道。

「交換學生?哪時有這件事?」一刻皺了下眉頭。

「早自習的時候,導師說過。一刻,你不用試圖回想,那時候你完全心不在焉。」蘇染指出事實,「如果你想睡,等介紹完再睡吧。」

「知道了。」一刻提不起勁地應和一聲。他知道他們學校有交換學生的傳統,自己上回就曾利用這名義到思薇女中查探瘴的下落。只是沒想到,他們班上居然也會迎來他校的交換學生？

沒將心思多耗在這件事上——不管交換學生長得是圓是扁，都跟他無關——一刻撐著下巴，無聊地望著窗外藍天，腦海中想的則是家裡情況，直到蘇染語氣異常地喊了他的名字。

「一刻。」

白髮少年下意識回過頭，想知道發生了什麼事。但是當他的視線順勢掃至教室門口時，他整個人呆住了。

一年六班的班導師正從外面走進，身後還跟著一抹纖細嬌小的人影。從那身異於利英的制服來看，可以知道那必定是暫時要在他們班上就讀的交換學生。

那是名嬌小可愛的女孩，有著鬈翹蓬鬆的鬈髮，圓滾滾的眼睛令人想到小動物，身上穿著湖水色的上衣搭灰色裙子，全身上下洋溢著朝氣，彷彿有用不完的精力。

一刻瞪大眼睛，幾乎不敢相信地瞪著那名交換學生。

那分明就是他們當時在湖水鎮遍尋不著的——

「啊，宮一刻！」蔚可可伸手比著一刻，又驚又喜地大叫出聲，「原來你是這班的？」

無視那些瞬間投來的驚訝視線，一刻看著興奮到想衝過來的蔚可可，忽然打從心底覺得慶幸——幸好今天夏墨河請假沒來上課。

渾然不知一刻班上發生了何種騷動，尤里回到自己班級沒多久，就因爲肚子突然傳來絞痛，再度衝出了教室，急匆匆地奔向廁所。

好不容易等到那陣疼痛歇息，也不知道過了多久。

尤里吐出一口氣，暗暗反省著下次還是別一早就喝冰牛奶，一邊按下沖水鍵，這才離開了廁所隔間。

由於已是上課時間，走廊上空盪盪的，尤里在廁所外的洗手台前彎腰洗著手，當他扭緊水龍頭，碰巧往洗手台上的大片壁鏡看去時，鏡裡卻映出讓他一呆的景象——

尤里看見有兩名學生正朝他的方向走來。其中一人胸前垂掛著條較明顯的欲線，大約幾公分的長度，不到須多加注意的程度；但如果僅是這樣，尤里並不會呆住，他看見從樓梯口的位置安靜又迅速地探出一截手臂，手上還突兀地戴著黑手套。兩名男學生彷彿什麼也沒發現到，然後那隻手張開手指，迅速地抓住那條數公分長的欲線！

「住手！」尤里反射地轉身大喝，他甚至不知道那隻手想做什麼，可是一種強烈的危險預感促使他這麼做。

這聲突來的大喝嚇到那兩名學生，他們用狐疑不安的眼神望著忽然轉頭的圓胖男孩。

「抱歉，不是說你們……」尤里顧不得解釋，他發現那隻手正同時飛快抽退，一下消失在他的視線內。他急得往樓梯口衝去，也不管那兩名被他晾著的學生是不是將他當成神經病。

那是什麼？那隻手抓住欲線究竟想做什麼？

最奇怪的是……爲什麼其他人像是沒看見那隻手！

等到尤里衝到樓梯口，映入眼中的是空無一人的景象，無論是往上或往下的樓梯，都沒有任何人的蹤跡。

尤里不死心，甚至還上下跑了半座樓梯，可是依舊連半個人影都沒見到。

尤里茫然地瞪著樓梯間，要不是從鏡裡看到的景象太過清晰，他幾乎要懷疑自己是不是眼花看錯了。

不對，不是眼花，他眞的看見一隻戴著黑手套的手抓住欲線！

要是他沒喊出那麼一聲的話，那隻手……接下來會做出什麼？

尤里慢慢低下頭，看著自己張開的手，心裡同時浮上疑問——爲什麼那隻手有辦法直接抓住欲線？

倏地，尤里聽到樓梯間有腳步聲接近，他一凜，馬上用最快的速度往聲音來源處看去，想看清聲音的主人是誰。

殊不知他一抬頭，眼裡直接映入的竟是一抹高壯的身影。

穿著卡其綠制服的男教官正沉著一張臉，表情嚴肅地瞪著他。

尤里大驚，想逃卻已來不及，當下被教官大手一抓，拎住了領子。

「這種時候還在外面晃?很閒嘛，是不是要教官泡茶請你喝?」

「噫!不是的，教官你誤會……嗚嗚嗚，我眞的沒有想喝茶啊……」尤里哭喪著臉，卻沒勇氣反抗看起來鐵面無私的教官，只能認命地迎接待會兒就要砸落下來的長篇訓話。

小胖子一邊哀怨地被拎著走，一邊卻又不由自主地想起剛剛被抓住欲線的那名學生。

尤里的眉頭不由緊緊皺起，因爲他忽然發現到，他沒辦法確定那人的欲線……是不是有增長那麼一些?

□

宮一刻覺得自己快死了，被一個名叫「蔚可可」的雌性生物煩死。

從蔚可可發現他倆同班後，每節下課她就不斷地靠過來，纏問爲什麼夏墨河今天沒有來。

上一節體育課更慘，她幾乎整節課都纏著他不放。

靠么啦，他又不是夏墨河肚裡的蛔蟲，怎麼可能知道他爲何沒來學校?就算眞的知道，他也不想告訴這個超煩的女人。

好不容易撐到中午，一刻說什麼一定要和蔚可可保持距離，他可不想連吃飯時間都要面對她的喋喋不休。

幸虧蔚可可沒有事先準備午餐也沒有帶便當的習慣，因而勢必要前往福利社。

而這個時候的福利社，通常叫作「戰場」。

估計那名鬈髮女孩一時半刻不會回到教室，一刻吐出一口氣，將臉從桌上拔起。一抬頭，正好面對站在桌前的蘇染以及蘇冉。

「你們開完會了？」一刻懶洋洋地打著哈欠。他的兩名朋友都是班級幹部，上一節課被學校以幹部會議的名義聚集起來開會。

「有點無聊的會，照慣例沒重點。」已經重新將長髮綁起的蘇染拉開自己的椅子坐下。

「不能同意你更多。」蘇冉點頭附議，「蘇染不在，有碰到怪事嗎？」

「沒，什麼都沒。」一刻自然知道蘇冉在說什麼，他指的是據說一直跟在他旁邊的東西，他反看向沒有戴著眼鏡和耳機的姊弟倆，「你們那兒呢？」

蘇染和蘇冉互望一眼，同時搖頭。對方隱匿得太好了，半天下來，他們居然發現不到蛛絲馬跡。

一刻彈了下舌，他實在不喜歡這種敵暗我明的感受——雖然還不知對方到底是不是敵——加上他又掛念著家中的情況，當下不再猶豫，他決定照上午所想的，直接早退離校。

「一刻？」蘇染看白髮少年忽然將抽屜裡的東西全掃進書包，她揚起眉，「你要早退？」

「是啊，我怕家裡被織女掀了。」一刻就算擔心織女也不會坦率地說出口，他抓起書包，銳利的眼神瞥了兩名好友一眼，拋下警告，「不准跟來，哪個都不准，你們給我留在學校。」

正如同蘇染他們了解一刻，同樣地，一刻也相當了解他的青梅竹馬們。即使蘇染和蘇冉也只是交換眼神，但他就是看得出來，他們正商量要讓誰跟著一塊早退。

聽見一刻這麼警告，藍眼睛的少年和少女登時都露出失望的表情。

「擺那種表情也沒用。至於那不知是什麼的東西，要是還跟著我，大不了叫織女幫忙看一下。」一刻揮揮手，殊不知這話剎那間觸動了蘇染。

藍眼少女幾乎在瞬間推論出一個相當高的可能，她不敢相信自己之前竟完全忽略了。出現在一刻房裡的東西、在一刻家外發現跟在他身後的東西……如果說，兩者其實是同一個呢？

「一刻，等等！」蘇染立即站起，想喊住已經走到教室門口的一刻。

但誰也沒想到，讓一刻停下的不是蘇染的叫喊，而是——

「一刻大哥！」一抹圓滾滾的身影不偏不倚地從走廊外撞進來，剛好就撞到準備走出去的一刻身上。

當下，兩個人都發出了一聲哀叫。

一刻更慘，他被撞得向後跌，差點就要跌坐在地板，是兩隻手臂及時一左一右撐扶住他。

投給身後的蘇氏姊弟一記感激的視線，一刻回過頭，不可親的臉龐上覆上風雨欲來的陰影，一雙眼睛射出凶暴的戾光，像是巴不得將面前的小胖子給千刀萬剮。

「尤、里……」陰惻惻的嗓音迸了出來，「你他媽的是在搞──」

「對、對不起，一刻大哥！」尤里搶先截斷一刻的怒吼，也不管自己撞到的地方還在發疼，他著急又緊張地嚷，「但我真的有事，我打了好幾通電話……可是下課你們又不在，我真的有很重要的事要說！」

說完，也不等一刻詢問，尤里就抓住一刻的手臂，連拖帶拉地跑向通往頂樓的樓梯間。

樓梯間原本聚著幾名男學生在吃午餐，一發現尤里闖上來，本想給他一頓喝斥，可是當他們瞧見尤里身後那顆明顯的白色腦袋時，瞬間臉色大變。

「宮、宮一刻！」

「噫！」

誰也不敢多逗留，紛紛抱著自己的便當有如逃難似地鳥獸散。

頓時，這處半封閉的空間就只剩下尤里他們。

「一刻大哥真厲害，那些人一見到你就自動讓出位置了耶！」尤里崇拜地說道。

「所以你是有什麼重要的事要說？」一刻懶得糾正那些人是怕他才逃。他抽回自己的手，銳利的雙眼盯住難得強勢的尤里，「你說你打手機？但我可沒接到電話……雪特！手機居然沒電了！」

一刻本來要拿出手機查看，卻沒想到螢幕不知何時已一片黑，他頓時低咒一聲。

「就是……」尤里拍拍胸口，喘了幾口大氣，「我上上節課在走廊看到超奇怪的……」

「什麼？什麼？超奇怪的什麼？」這道甜美清脆的聲音並不是一刻等人所有。

眾人愣了一下，四雙眼睛全往聲音來源處望去。

從下方的樓梯間不知何時冒出一顆腦袋，一雙如小鹿般的圓眼睛正好奇地盯著他們瞧。

「幹！蔚可可!?」一刻近乎驚悚地大叫，「妳未免也太陰魂不散了！」

「我才沒有陰魂不散，我只是剛好看到有人衝下來。」蔚可可往上走了幾步，讓自己的身影完全地顯露出來。她的一隻手還抱著充當午餐的牛奶和麵包，那雙滴溜溜的圓眸一掃，馬上注意到一刻手中的書包，「咦咦咦？你要走了嗎？你會去找夏墨河嗎？會嗎？會嗎？」

一刻強忍塞住耳朵的衝動，再次慶幸夏墨河今天沒到校，否則就輪到他被煩死了。

可是就在下一秒，閃過一刻腦海的名字忽然以具體的聲音呈現。

「找我有什麼事嗎？」

如果說方才蔚可可的出現令人一愣，那麼現在這道聲音的響起，結結實實地讓人嚇一跳。

「墨、墨河！」尤里驚喜地指著走上樓梯的纖瘦人影，緊接著他更加吃驚地將嘴巴張成O字形，「織女大人!?」

可不是嗎，隨同夏墨河一塊現身的，還有一名細眉大眼的可愛小女孩，正是說要留在一刻家查探究竟的織女。

一刻有些目瞪口呆，他茫然地問：「這樓梯有什麼見鬼的魔力嗎？怎麼一口氣都來了？」

「不，這只是很普通的樓梯，不會在半夜十二點滲出鮮血，也不會隨心情移動位置。」蘇染理智表示。

一刻抹了把臉，心知自己問的問題太蠢。

姑且不管蔚可可，他的視線迅速掃向夏墨河——黑上衣、紅格子裙，幸好是女生制服，否則蔚可可會激動尖叫——最後他視線再定在織女臉上。

「為什麼連妳也來了？」一刻大步走下樓梯，「妳不是說要確認那東西的身分嗎？」

「那東西？什麼東西？」蔚可可沉不住氣地插嘴道：「欸欸，還有尤里剛說的那個又是什麼？告訴我，我也想知道嘛！」

「剛說的？」夏墨河訝異地挑起眉，朝尤里投了一記詢問的視線，同時用唇形無聲地問——我打斷了什麼嗎？

尤里想了想，決定晚點再說他看到神祕手的事。不知道為什麼，他不想在蔚可可面前提起這個，於是他搖了搖頭，接著說道：「沒關係，織女大人先說吧。」

「不愧是部下一號，懂得禮讓淑女，不像某人。」織女意有所指地哼哼兩聲。

「得了，妳就有話快說、有屁快放。」頂著一頭白髮的某人不客氣地壓了一下織女的腦袋，「順便幫我看一下，我身邊有沒有什麼奇怪的東西，蘇染他們說有什麼纏著老子不放。」

「不用看就知道了哪，一刻。」織女皺皺俏挺的鼻尖，「妾身感覺到一樣的氣息。」

「一樣的氣息？」蘇染問得最快，「是指一刻身邊的和今早出現在他房裡的是同一個？也就是說，一刻家現在沒東西了？」

「賓果，不愧是小染！」織女彈了下手指，彷彿沒注意到一刻驚愕的表情。她退了幾步，繞著一刻轉起圈子，「這就是妾身來此的原因，妾身可是發現到一刻你一走後，那個東西也跟著走了。所以啦，部下三號，有點痛，請忍耐一下了。」

織女突然笑咪咪地說，下一秒，她潔白的小手竟是猝不及防地探進一刻體內。

蔚可可睜大眼睛，看著那五根細幼的手指眞的進入一刻的身體。

白髮少年的表情乍然扭曲，就像遭受到某種痛苦。

「麻煩你把一些力量借給妾身了！」織女眼神凜然，小手瞬間抽出，指尖凝著淡淡光點。

緊接著，擁有「織女」之名的小女孩迅速揮手。明明只是簡單的手勢，可就在這瞬間，樓梯間竟捲起一陣強風；一股強大的氣勢同時自其嬌小的身子裡湧現，「不管你是什麼東西，給妾身聽好了！一刻是妾身的人，妾身不允許誰打他的主意！」

隨著那聲稚氣一喝，在場所有人都瞧見似乎有抹矮小模糊的影子閃了一下，眨眼間又不見蹤影；而在石灰色地面上，則留下幾枚腳印——濕漉漉的水漬腳印。

一刻鐵青著臉，沒時間吐槽織女方才的那串宣言。他瞪著那今早也出現在他房裡的印子，不敢相信自己真的被什麼纏上。

「那……那是什麼？鬼嗎？」蔚可可摀著嘴低呼，「討厭啦，這學校怎會有這種東西？」

「嘿，別弄錯了，那可是從湖水鎮跟過來、擅自纏著妾身的部下三號的。」織女雙手扠腰，下巴抬高。利英高中就算之前確實充滿鬼魂，但也早被她全部淨化了，她可不接受這裡又被人隨意蓋上「有鬼」的印章。

「從我們鎮上？不可能，那更不可能。」蔚可可忙不迭地反駁，「有神明大人在，哪可能會有那種髒……啊，我知道了！是那個吧？」

似乎是想通什麼，她笑嘻嘻地接著說下去，「是淨湖的幽靈吧？其實是五年前死掉的那個女孩子幽靈喜歡上你，所以一路跟過來了。」

蔚可可只是開玩笑地說著這些話，卻渾然沒注意到夏墨河的眼眸閃過冰冷和尖銳。

下一秒，一隻手臂迅速地將她困在牆壁與一具軀體之間。

但卻不是夏墨河。

「別拿死者開玩笑，白目也要有個限度。」一刻陰沉著臉，語氣是不留情面的嚴厲。

蔚可可受到驚嚇地噎住聲音，全身僵硬，一動也不敢動。

現在的宮一刻，比起當日他在湖水鎮街道不耐大罵的模樣還要恐怖數倍。

她慌張地眨動眼睛，半晌後才想到要點頭。

一刻收回手，「織女，再來還要做什麼？」

「再來？再來是把握對方還沒纏上的時間，先到部下二號家。」織女歪著腦袋。

「我已經準備好一切了。」夏墨河頷首，眼裡的冰霜已掩飾起來。不過仔細看的話，就會發現他看向一刻的眼神暗含一絲感激。

「小荷的家？我也可以跟去嗎？」一聽見夏墨河所說，蔚可可下意識地脫口而出。發現一刻登時瞇起眼，她趕緊搖搖手，「我不會亂說話了，真的啦，我只是想看看墨河……而且我也是神使，我也可以幫忙！」

一刻看向夏墨河，那是他的家，答不答應都由他決定。

「不。」夏墨河溫和地綻出微笑，卻是吐出拒絕，「謝謝妳的好意，蔚同學，但我們心領了。而且妳來利英的第一天，下午就請假恐怕不好。妳哥哥也在校內吧？這樣對他也不好交代。」

「嗚喔！」蔚可可垮下了臉，夏墨河說的她都沒辦法辯駁。

「尤里，如果你也要來，建議先向千穗同學說一聲喔，以免她擔心你。」在望向自己同伴的時候，夏墨河笑容裡的距離感消失得一乾二淨。

「對喔，我馬上回教室！墨河，你們要等我！」尤里回過神，他拍下額頭，隨即匆匆忙忙地衝下樓梯。

夏墨河倒沒特別詢問蘇染他們，他知道他們一定會跟著過來的。

果不其然，蘇染和蘇冉拋下一句「我們回教室拿東西」後，也動作迅速地下了樓。

「一刻同學，我們到校門等吧，我家司機的車就停在外面。」夏墨河說。

一刻點點頭，抓下試圖爬上他身的織女。瞪了那名不安分的小蘿莉一眼，他伸出手，示意對方乖乖地牽著他，別再亂來。

織女立刻露出得意的笑靨。

眼見最後留著的三人也走下樓梯，蔚可可明知自己沒法跟去，但仍忍不住追著下樓。沒想到剛跑到四樓走廊，一聲呼喊止住了她的腳步。

「可可。」

鬈髮女孩吃驚地抬起頭，看見的赫然是自己的兄長。

同樣穿著湖水高中制服的高個子少年也注意到一刻等人，他的視線不自覺地在夏墨河的臉上多停留幾秒。

夏墨河向蔚商白點點頭，表示招呼。沒有多寒暄，他繼續領著一刻和織女往樓下走。

一會兒後，三個人消失在蔚氏兄妹眼裡。

「啊，小荷真的走了……我還沒跟她聊到幾句話耶。」蔚可可洩氣地垮下肩膀，「難得當一次交換學生，還是到利英來，結果我都沒碰到我的王子……」

「他沒來學校？」蔚商白自然也聽過自己妹妹叨唸心上人的事。

「就是沒嘛。」蔚可可鼓起白裡透紅的臉頰，「小荷也回家去了，我好像惹她生氣……可是、可是，我說那些話只是開玩笑，我不懂她爲什麼生氣，就連宮一刻也突然變得好嚇人。」

「宮一刻？」蔚商白憶起那名渾身狠戾之氣的白髮少年，「他和夏墨荷的感情很好嗎？」

「感覺很好耶。」蔚可可想也不想地說，接著像是恍然大悟地睜大眼睛，「哥，你問這個……你該不會是對小荷……」

「別亂瞎猜。」蔚商白厲了露出賊笑的妹妹一眼。

但蔚可可是誰，她怎麼可能辨認不出自己的哥哥是不是在欲蓋彌彰。她摀著嘴，吃吃地竊笑起來。

直到蔚商白的眼神變成危險警告，她才迅速放下手，臉上改成正經八百的表情。

「報告蔚商白先生，我沒笑，我眞的沒有在笑，我也絕對沒認爲你喜歡上小荷了。」

「夠了，可可，我們的正事不是這個。」蔚商白嚴厲地瞥向自己的妹妹。

蔚可可這次是眞的收起玩笑的態度，她跟著自家兄長走到無人的樓梯間，屏住心神閉上眼，待她睜開後，右手中指至手背上，竟浮現出一條淺綠的奇異花紋。

不只她，站在她對面的蔚商白亦是如此，只不過他是左手中指至手背上浮現出深綠花紋。

蔚商白從口袋裡掏出一個透明的小瓶子，瓶裡裝著詭異的黑色物體，乍看之下令人分不清是固態或液態。

當蔚商白旋開瓶蓋，奇異的事發生了。

瓶裡的黑色物體如同受到吸引，開始鑽了出來，原來那是一條又一條的黑線。

而假使這時候一刻他們仍舊在場，他們的臉上將會露出震驚異常的表情。

因爲那些黑線，就是所謂的欲望之線！

從瓶子裡鑽出的黑線一下子飛向蔚商白和蔚可可的手背上，轉眼間竟層層纏繞，就像……漆黑手套。

「既然這地方的神使不在，就毋需浪費這次機會了。」

「反正我們也算是提早替小荷他們解決麻煩呀。」

戴著由欲線編織的手套，來自湖水鎮的神使兄妹同時低語——

「這一切，都是爲了理花大人。」

第十針 ◇◇◇◇◇◇◇◇◇◇◇◇◇◇◇◇◇◇◇◇◇◇◇◇◇◇◇◇◇◇◇◇◇◇◇

認識夏墨河有一段時間，但一刻還是第一次到對方家。

不僅一刻，就連和夏墨河認識更久的尤里也從來不曾到他家拜訪過。

而既然還專門請了司機接送，不管在一刻或尤里心裡，都認爲他們這位同伴住的地方應該是富麗堂皇、佔地極廣——起碼要讓人一眼就看得出來的那種有錢人的房子。

因此，當轎車在一棟看來樸素的四樓透天厝前停下來時，一路上已做了諸多想像的一刻和尤里反倒呆愣住了。

「一刻，你在幹嘛？下車啊，你的屁股擋住妾身的路了哪。」織女不客氣地抬起小腳，可愛的小鞋子踢上一刻的屁股。

沒有防備的一刻頓時從車門跌了出去，幸虧一隻手及時拉住他，才避免跌得狼狽的命運。

一刻瞪著差點就要進行親密接觸的地面，抬頭向伸出援手的夏墨河道謝。

夏墨河的手臂纖細歸纖細，卻出乎意料地有力。

緊接著，一刻陰沉著臉，惡狠狠地瞪向讓他險些發生意外的始作俑者，「織、女，妳是眞的皮在癢嗎？踢什麼踢啊！」

「誰教一刻你擋在門口，妨礙到妾身下車了。」織女從車裡鑽了出來，一副理直氣壯的口氣，「而且妾身後面還排著尤里要下車呢。」

「咦咦咦？其實沒關係，我眞的不急啊！」一聽見自己被點名，尤里趕緊拚命地搖著手，深怕自己被歸爲事件元凶。

一刻還不至於遷怒到這種程度，又瞪了織女一眼，這才重新將目光放回面前的屋子。

「夏墨河。」盯了老半天，一刻認眞地提出疑問，「這眞的是你家？」

「是我家沒錯，爲什麼這麼問？」夏墨河有些納悶。

「沒有佔地廣大的庭院，也沒有和主屋相距一百公尺的大門。」說出這話的人是蘇染。

「也沒有兩排女僕列隊歡迎說『主人你回來了』。」蘇冉平淡地說：「一刻的想法。」

「還有噴泉！有錢人的房子前，不是都還會設噴泉？」尤里也舉手發表意見。

夏墨河怔了怔，隨後哭笑不得地作結論，「那是漫畫或電影才會出現吧？我家眞的就只是很普通的屋子。」

「哎？所以浴室也沒有獅子頭的噴水口囉？」織女看起來莫名地失望。

「織女大人，我們家的浴室也只是很普通的浴室。」夏墨河傷腦筋地微笑，不明白同伴們怎麼會做出如此天馬行空的想像。

吩咐司機將車開走，他帶領眾人走向屋子大門。

一刻忽然發現到，這似乎是他第一次到蘇染、蘇冉以外的朋友家拜訪。想到這裡，他心跳不由得些許加快，莫名地緊張起來。

夏墨河從書包裡翻找出鑰匙，正當他要打開門的時候，門剛好自內開啓了。

打開門的是一名氣質典雅的女子，五官相似度與夏墨河高得驚人。

一刻一看就知道了，這一定是……

「媽？」夏墨河面露訝異地看著自己的母親，像是沒想到會碰巧在門口遇見。

「媽!?」一刻大吃一驚，「等一下，她不是你姊？夏墨河，她是你媽？靠，這麼年輕！」

「部下三號，沉穩點，你這樣對女性很不禮貌。」織女暗暗踢他一腳，小聲地給予警告。

一刻這才猛然反應過來自己的態度太失禮，他僵著臉，一時之間竟不知該怎麼辦。

邵怡忍不住笑了，保養得宜的白皙臉蛋上滿是溫柔與親切，「能被年輕人稱讚年輕，這可是一件令人高興的事。你們是小荷的朋友嗎？她跟我提過會帶朋友們過來。不過，現在不是中午？學校……」

「今天考試，下午放溫書假。」夏墨河面不改色地說謊，「媽，這些都是我的朋友。這位是一刻，然後是尤里、蘇染、蘇冉，他們倆是雙胞胎。再來這位是一刻同學的妹妹。」

「阿姨好。」織女立刻甜甜地叫道，襯著那張精緻可愛的小臉蛋，說有多討人喜歡就有多討人喜歡。

「好乖。」邵怡彎腰摸摸她的頭，眉眼中的笑意越發柔和，「阿姨有事要出去，妳和哥哥姊姊在我們家玩吧，就當是自己的家。」

「妳要出門？要叫張叔載嗎？」夏墨河輕聲問道：「妳前幾天不是還不舒服？」

「妳姑姑會開車過來載，別擔心那麼多。」邵怡笑著摸了摸夏墨河的臉，她打趣地對著一刻他們說道：「不好意思，我這女兒就是這樣，老愛操心。」

咦？一刻一愣，他覺得自己似乎聽見「女兒」。他迅速地瞥望身旁的朋友，其中尤里最藏不住情緒，圓胖的臉上也是明顯地錯愕。

一刻又看向邵怡和夏墨河，他們母子的態度相當自然，彷彿沒有任何異樣。

所以說，那是開玩笑的意思嗎？

一刻強壓下心中的疑惑。

「妳是我媽，我不擔心妳擔心誰？妳和姑姑好好去逛街吧，晚了要通知我跟爸喔。」夏墨河親密地和邵怡貼了下臉頰。從這小動作來看，就知道他們母子的感情有多好。

「真的別太擔心了。」邵怡柔聲地說，「太晚的話，我會打電話給你們和墨河的。」

夏墨河微笑。

「對了，小荷，墨河沒跟你們一起回來嗎？」

「哥哥社團有事，沒和我們一起。」夏墨河依然微笑著，像是沒瞧見眾人眼裡的震驚。

一刻幾乎不敢相信他聽見什麼。小荷？墨河？原來夏墨河的母親從頭到尾喊的不是「小河」，而是那早已逝去的夏墨荷！

這是怎麼回事？就算夏墨河穿女裝，但也看得出他是誰吧？

「墨河，阿姨她、她……」尤里確定邵怡走了之後，登時結結巴巴地嚷。

不管是誰，現在都看得出邵怡和夏墨河之間的不對勁了。

夏墨河唇邊的微笑未褪，他看著直接表露震驚的一刻和尤里，再看向表情一貫淡然的蘇氏姊弟，最後落至織女身上。

外表稚幼的小女孩，卻有一雙彷彿什麼都能看透的墨黑眼睛。

於是這名秀麗的少年又笑了，他說，「我猜你們都知道了。五年前在淨湖被殺害的，是我妹妹。小荷是那麼地可愛，我們大家打從心底愛著她。而我的母親，沒辦法接受這殘忍的事實……所以，她將女裝的我當成小荷了。」

他的笑明明如此溫柔，但同時更透出無盡的哀傷與絕望。

夏墨河幼時曾幾次拗不過小自己一歲妹妹的請求，穿上女孩子的衣服。

因爲在夏墨荷小小的心靈中，穿上漂亮裙子的哥哥是全世界最漂亮的。

夏墨河不討厭那些輕飄飄的衣服，他覺得很有趣，而且還能看見夏墨荷開心的笑臉。

小荷是他最重要也最可愛的妹妹，他願意做任何事來保護她！

直到發生了那件事……

直到那時，他才終於知道……原來自己根本就保護不了她。

小荷死了，他的妹妹死了。

死在湖水鎮的淨湖旁，雙腿被切斷，總是帶著天眞笑意的眼睛被挖走，留下兩個黑漆漆的窟窿，小小的身子被湖水泡得腫脹。

沒人知道為什麼會發生這種事，他們明明只是來湖水鎮家族旅行，卻在散步時，一轉身便失去夏墨荷的蹤影。

夏墨荷失蹤了整整兩天，當警方終於尋獲時，已是淨湖畔一具冰冷的屍體。

這件駭人的事當時在湖水鎮掀起軒然大波，還有鎮民自願組隊幫忙搜尋也許仍藏匿在鎮上的凶手。

但是沒有。無論怎樣找，就是找不出嫌疑犯。

一次普通的旅行，卻讓夏墨河的家庭自此破碎。

夏墨荷永遠不會再回來。

面對那具冰冷腫脹的屍體，夏墨河當場嘔吐，眼淚燒灼著他的眼，他沒辦法接受「那東西」是他的妹妹；而邵怡承受不了打擊，直接昏厥。

失去夏墨荷的夏家再也無法振作。

直到一天，夏墨河在替夏墨荷整理房間的時候——他們總是裝作她還會回來——他穿上了夏墨荷曾經要他穿的衣物，他想念著他的妹妹。

卻沒想到這模樣剛好讓邵怡見到了……

「她以爲小荷回來了，不論我和父親怎麼解釋，她堅信我就是小荷……然後我們才發現，她受到的打擊原來超乎我們想像……她讓自己眞的相信『小荷沒死』這件事。」

客廳裡，夏墨河放下手中捧著的茶杯，語氣溫和沉靜，如同只是單純地敘述一件事。但只要再仔細觀察，就會發現他的聲音比平時還緊繃，眼裡藏著湧動的暗流，只要受到一點刺激，就會掀起滔天巨浪。

一刻知道，夏墨河只是表面平靜。

「所以……所以你穿女裝不是因爲什麼興趣？」話剛出口，一刻就想賞自己一耳光。他覺得這問題未免問得太爛了，起碼不該是在自己的朋友坦露過去傷口時該說的。

夏墨河怔了怔，但他似乎看出一刻臉上的懊惱與不安。很快地，他的唇畔又出現眾人熟悉不過的笑意。

「不。」夏墨河笑著說：「有一半的確是我的興趣。」

「還有一半是興趣，那妾身就放心了。」織女拋出一句令人摸不著頭緒的話，但她似乎沒有解釋的打算，而是繼續小口小口地喝著茶，直到忍受不了身旁一直傳來吸鼻子的聲音，食指用力一指，「部下一號，收起你的眼淚鼻涕，不要再哭哭啼啼了！身爲妾身的部下，要多拿出點男子氣概才對！」

「但是織女大人……」尤里紅著眼，又吸吸鼻子，「因爲我……因爲我沒想到，墨河曾發生這樣難過的事……嗚……」

「沒辦法，妾身再讓你哭五分鐘，這包衛生紙借你。」織女跳下沙發，「部下二號，妾身可以去看廚房冰箱嗎？」

「喂喂，人家叫妳當自己家，妳還眞當自己家了啊？」一刻迅速抓住織女的小胳膊，表情凶惡，「妳是不知道什麼叫客氣嗎？」

「所以妾身有客氣地問呀。」織女不服氣地睜圓眼睛，「小染和阿冉也有聽到，對吧？」

「請當我們是背景沒關係。」蘇染從她的黑色小冊子中抬頭，冷靜地表達意見。

蘇冉舉手表示附議。

「織女大人，冰箱好像還有點心，妳喜歡什麼儘管拿沒關係。」夏墨河倒是完全不介意，他笑吟吟地說道。

「不愧是妾身的部下二號。」織女露出潔白的貝齒一笑，接著她反拉著一刻，「至於部下三號，就陪妾身到廚房吧。」

「啊？」

「笨蛋，大家要吃的點心妾身一個人有辦法拿過來嗎？」織女不客氣地鄙夷了一刻一眼。

一刻慢了半拍才總算反應過來，他瞪著說話總是拐彎抹角的小蘿莉。靠，這種事是不會直接說出來嗎？還要繞那麼一大圈。

想是這樣想，一刻表面上還是裝作沒好氣地跟著站起，「是是是，幫妳總行了吧？」

「聽起來沒什麼誠意，不過算了。」織女皺皺鼻子，「部下二號，你再去做最後檢查，確保所有對外門窗都得關起來，要讓這個『家』形成一個封閉的結界。」

吩咐完，織女便拉著一刻鑽進了接鄰在客廳旁的廚房。

廚房出乎意料地寬敞，也整理得乾淨整齊。

一刻放開織女的手，等著她進攻這個家的冰箱。但沒想到織女卻在他面前站定，還對他招招手，示意他蹲下。

一刻滿頭霧水，他挑起眉毛，堅持沒得到解釋就不動。

織女鼓起白嫩的臉頰，大步走向前，然後一腳踩上一刻的鞋尖。

趁白髮少年疼得扭曲了臉，反射性彎起身體的瞬間，她小手臂一伸，用力將他拉了下來。

「安靜，聽妾身說話。」織女的聲音不知為何放輕，就像不願被他們以外的人聽見一樣，「妾身有重要的事要說，一刻你該不會以為妾身眞的是進來找點心？」

一刻沒說話，但他的眼神清清楚楚地表明他就是這麼想。

發現織女似乎氣惱地又要給他一腳，一刻果斷地拉開兩人的距離，減輕音量說，「妳要說就快說，再浪費時間，老子就扔下妳不管。」

「妾身就要說了嘛。」織女的聲音還是沒有放大，她直直盯著一刻的眼睛，說，「一刻，替妾身多注意墨河。」

一刻呆了呆。多注意夏墨河？這又是什麼意思？

「妾身擔心他終有一天會失控，即使他現在看起來正常得很。」

不對，他並沒有看起來的那麼正常。一刻想起在淨湖巡查的那一夜，夏墨河在普通人面前顯露神紋。

他想對他們做什麼？那絕對不是什麼令人不用在意的事。

「哪，一刻，你知道墨河為什麼要成為妾身的第二號部下嗎？」織女嚴肅地問。

「不是被妳拐騙的？」一刻下意識回答，換來織女氣呼呼地捏了他的臉一下。

「當然不是，墨河又不是尤里。噢，一刻，妾身眞想知道你的腦袋在想什麼？」

一刻默然，放棄提醒披著蘿莉皮的這位神明，她剛已經不知不覺承認尤里是她拐騙來的。

「因爲願望，因爲妾身答應給他一個願望。」織女開始在廚房裡轉著圈子，「妾身以前並不知道他懷抱著什麼願望，可是在聽完今天這些事後……」她忽然停住不動，黑眸凜凜，「妾身知道了。」

「妳知道了?妳知道他想要什麼……!」一刻硬生生打住了話，他瞪著織女，就連他也猛然想通了。

「妳是說……」一刻慢慢地開口，「他想要找到殺害他妹妹的凶手?」

「如果只是『找到』還好。」織女飛快地抓住一刻的衣領，稚氣的嗓音又急又快，「一刻，妾身擔心他找到對方以後會做出什麼事。強烈的悲傷、憎恨，這些都能輕易地使欲望失控。神使不能殺害人類，吾等賦予的力量只能消滅妖怪。要是一旦犯戒……」

「會怎樣?」一刻乾巴巴地問。

「……會死。」細眉大眼的小女孩說出了殘酷的答案，「身體會消失，靈魂會進入陰間。因爲罪加一等，還必須苦等極長的時間，方能重新進入輪迴。」

一刻只覺大腦一片空白，「妳之前從沒說過這事……」

「妾身與墨河和尤里提過。一刻，妾身本也要告訴你的……」織女咬了一下嘴唇，「妾身相信你們，知道你們不會做出這事。但自從接觸湖水鎭後，事情就像失去了控制。一刻，必要時你要盡力阻止墨河才行，這只有你才做得到，尤里不行，他沒有足夠的魄力阻止墨河……」

「冷靜點，織女。」一刻按住織女的肩膀，「我會做的，老子會做的。那傢伙是妳重要的部下二號，也是我的朋友，我會先在他的欲線引來瘴之前，揍醒他。」

織女怔怔地看著那雙銳利又意志堅定的眼睛，她動了動嘴唇，像是說了些什麼。

但那聲音太小，一刻聽不清楚，他耐心等候，果然織女又開了口。

「看不見……」織女一字一字地說：「神使與神使彼此之間……是看不見欲線的。」

一刻瞪著她，他看起來像是想用自己的頭重重地撞上她的前額。

「爲什麼……」一刻咬牙切齒地擠出聲音，他的雙眼吊高。

織女下意識感到危險地後退，「部下三號，你想……」

「爲什麼妳這小鬼老是把這種重要的事拖到最後才說！」一刻大怒，手掌猛力拍上身旁的流理台，但堅硬的瓷磚馬上讓他的臉孔一陣扭曲。

幹，有夠痛！

顧不得掌心傳來的疼痛，也顧不得過大的音量會招惹客廳眾人的注意，一刻宛若凶神惡煞地逼近織女。

「妳到底哪時候……妳他媽的哪時候可以學會重要的事要先說出來！」

廚房門口忽然傳來兩下敲門聲。

「一刻。」綁著兩條長辮的清麗少女站在門口，藍眼睛波瀾不驚地望著廚房內的一大一小，「夏墨河要下來了，你們若有事不想讓他知道，就別太大聲。還有尤里很擔心，他怕裡面要發生凶殺案了。」

「小染妳眞厲害，妳怎麼知道妾身有事瞞著部下二號？」織女被轉移了注意力，吃驚又佩服地看著蘇染。

「因爲她是蘇染。」一刻眞的覺得這句話可以解釋一切，「去跟那胖子說，沒有凶殺案。」

蘇染點點頭，沒有任何追問，如來時般輕巧地離去。

一刻耙了一下白髮，無力地把背抵在牆上。

「一刻……」織女走近，小手輕拉他的手指，可愛的小臉仰起，「對、對不起啦……」

一刻難得見到這名總是趾高氣揚的小女孩拉下臉道歉，他握緊拳頭，像是想重重敲上織女的腦袋，卻在她忍不住閉眼的時候，大手改成粗魯地揉揉她的髮。

織女吃驚地睜開眼睛，她看見白髮少年的眼神還是一樣堅定，甚至多了一股狠勁。

「看不見欲線也無所謂，那傢伙不聽人阻止也無所謂，大不了老子就揍到他聽進去。」一刻的聲音凶狠陰沉，「讓他知道，毫不在乎地把命賠出去是一件多麼愚蠢的事。開什麼玩笑，死了就眞的什麼也沒有了！」

□

夏家所有對外門窗都關得死緊。

但是，眾人一直等待的目標卻遲遲沒有出現。

隨著時間的流逝，一刻等人從剛開始的高度警戒漸漸鬆懈下來，然後有人去冰箱翻飲料，有人看起報紙。本來還有人想看電視，但礙於音量可能會覆蓋外界的動靜，因此作罷。最後，終於有人耐不住枯等數小時的乏味，倒在沙發上睡著了。

睡意像是種傳染性，先是尤里，再來織女掩口打起呵欠，接著是蘇染他們，連一刻過不久也加入大夥的行列。

畢竟他昨夜遭怪夢所擾，有睡等於沒睡，雖然他努力想撐開眼皮，但終究抵擋不了睡意。尚保持清醒的夏墨河注意到一刻的情況，他勾起一抹淺淺的笑，溫聲說：「一刻同學，你就睡一下吧，有事我會叫醒你們。」

一刻覺得夏墨河的聲音像能催眠人似地，他闔上眼睛，眞的昏昏沉沉失去了意識。

一刻不知道自己睡了多久，他是被某種東西墜地的聲音給驚醒的。

他倏然睜開眼睛，瞬間換上銳利的雙眼，飛快地望向聲音來源，見到的卻是夏墨河浮現歉意的臉。

「抱歉，一刻同學，吵到你了？」綁著馬尾、已換下制服的秀麗少年輕聲說，就像怕再吵醒誰。

一刻坐直身體，這才發現沙發上還倒著許多人，織女他們都還沒醒。他看著夏墨河將地上的一個資料夾撿起來——那恐怕就是吵醒他的元凶——他用眼神投予無聲的詢問。

夏墨河一怔，隨即露出微妙的苦笑，「你都知道了……所以，我想是你的話沒關係。」

一刻反射性接過他遞來的資料夾，一打開，他的表情在剎那間變了。

資料夾裡裝的原來全是剪報和列印出來的資料，全都和分屍案有關。

「我只是……想做點事，即使沒什麼用。」夏墨河垂下眼，握住雙手，喃喃地說。

一刻翻了幾頁便闔上，他不忍去猜測夏墨河是用什麼心情來收集這些。將資料夾輕輕地放回桌上，他起身離開，到廚房去倒杯水。

當一刻回到客廳時，沙發上的其他人還在睡。他將一杯水放到夏墨河眼前，無視對方訝異的視線，他皺緊眉，盯著窗外已黑的天色。

「搞什麼，也拖太久了吧？」一刻不悅地低罵道：「別跟我說我們浪費了半天時間，結果那不知道是什麼玩意的東西卻跑了吧？才剛從湖水鎮回來，被吵得睡不好已經夠衰了，還要再加上這個……」

「被吵得睡不好？」夏墨河詢問地看向一刻。

「啊，就隔壁的，那位鍾叔家。」一刻彈了下舌，「他家的小孩吵死了，不是大哭大叫就是弄出一堆聲音。」

「鍾叔的……小孩？」夏墨河的語氣出現一絲異樣。

「怎麼了？」一刻回過頭。

夏墨河遲疑了一會兒，才開口說道：「一刻同學，我不清楚鍾叔從我們家離職後是不是又再婚了。他以前的確有一名女兒，叫作澄澄……但她在八年前就過世了，和小荷碰上類似的……遭遇。」

一刻愕然，「你說什……」

啪！

一個清晰短促的聲音忽然響起。

一刻閉上嘴，他看著夏墨河，對方微訝的眼神顯示出他也聽見了。

可是，是什麼聲音？從哪裡來的？

啪啪！第二次聲響很快又響起，這次的音量甚至變大了。

沙發上的幾人像是受到驚擾，紛紛睜開眼睛。

「呼哈……怎麼了？」織女打著小小的呵欠，下意識地問出問題。只不過她的問句剛落下，就猛地閉上嘴巴，黑眸吃驚地看向一刻。

她也聽見聲音了，啪啪啪，像在拍打什麼。

拍打聲從大門外響起，在沒人說話的客廳裡，顯得更加清楚及弔詭。

「難、難道說……」尤里的睡意被嚇跑了，他白著臉，反射性抓著身邊一刻的手臂。

不可能是夏墨河的家人回來，他們自己都有鑰匙。如果是一般的客人，會直接按下門鈴，等待對講機傳來回應。

既然如此，拍打門板的究竟會是什麼？

客廳裡變得死寂，沒人再開口說一句話。

下一剎那，本來靜止的門把突然瘋狂轉動起來，卡卡卡卡卡卡卡，就像是門外有誰拚命想開門闖入。

同時間，一道尖細的聲音飄進客廳中。

「開門……快開門！」

一刻等人悚然，那竟是小孩子的聲音！

不等眾人有所反應，門把驀然又靜止不動，周遭恢復平靜，似乎只能耳聞彼此的呼吸聲。

一分鐘、兩分鐘、三分鐘，門外依舊毫無動靜，對方似乎已經放棄離開了。

「織女。」一刻繃著聲音，喊了織女一聲。

細眉大眼的小女孩卻是表情嚴厲，她說：「還沒結束。」

還沒結束，外面的那個人根本還沒離開！

如同在呼應織女的話，偌大的客廳裡忽然又傳出重重的一聲。

啪！

聲音不是來自門板，而是來自窗戶。

當所有人飛快轉頭，尤里忍不住倒抽一口氣：原本乾淨明亮的玻璃窗上，現在竟貼著一枚濕漉漉的掌印，水漬的痕跡在燈光照耀下格外明顯。

緊接著，第二枚、第三枚掌印出現。明明就沒有任何一隻手從窗外伸出，但玻璃上確實憑空生成水氣極重的水漬掌印。

彷彿知道客廳裡所有人都注視著窗外，剎那間，拍打聲瘋狂響起。

啪啪啪啪啪啪啪啪啪！越來越多的水掌印貼上窗戶。

啪啪啪啪啪啪啪啪啪啪啪啪啪啪！所有環繞客廳的門窗全都被看不見的手粗暴拍打。

小孩子尖厲的叫聲乍然迸開。

「開門！」

「讓我進去！」

「我要進去，一定要進去才可以！」

「宮一刻……」

「快讓我進去！」

小孩子的叫喊越顯淒厲，竟逐漸像是號哭。

一刻的拳頭握得死緊，他告訴自己不能心軟，那聲音只是聽起來像小孩子，天知道外面躲的是什麼妖怪，所以無論如何都不能……

「宮一刻！宮一刻！開門……拜託開門讓我進去──」

操他媽的！這聲音未免也哭得太可憐了！一刻只覺得自己腦海裡好像有某條神經斷裂，在蘇染和蘇冉驚覺到他的意圖之前，他已經忍無可忍地厲聲大吼。

「閉嘴！小孩子哭什麼哭！要進來就給我滾進來！」

「一刻你笨蛋！」織女不敢置信地驚叫。

但，已經來不及了。

就在一刻的大吼落下的瞬間，所有激烈的拍打聲和尖叫聲乍然消失，四周恢復原來的寂靜，窗戶上的水掌印也消失得一乾二淨，彷彿什麼事都沒發生過。

可是就在下一秒，理應上了鎖的夏家大門，竟猛地彈震開來。

厚重的大門就像是被一股劇烈的強風吹撞，門口毫無防備地敞開。

尤里發出了驚悚的怪叫，跌進後面的沙發裡；織女震驚地睜圓眸子，像是見到這輩子從沒見過的東西；夏墨河和蘇氏姊弟的反應比較鎮定，但眼裡依舊透出愕然。

一刻則是呆立原地，手中抓著的杯子不自覺鬆開，「啪」地一聲撞上地面碎得一地。

然而掛著多個耳環、染著一頭白髮的少年就像是沒有發現到般，直瞪著門口。

在那裡，一團根本看不出是什麼、只知道是用水凝聚出來的藍色人形正站著不動，身上的水不斷滴滴答答地墜落。

一刻自認怪異的東西也看得不少了，不管是神仙、鬼、妖怪，可他從來沒想過，有一天竟然還會見到——

「靠！不會吧？外星人⁉」

那帶有震驚意味的「外星人」三個字，似乎刺激到那團水色人影，只見它身軀顫抖，接著大塊大塊的水忽然崩落下來；但並不是像一刻所想的崩解成一大灘水，而是隨著那些液體的剝落，從中竟顯露出屬於人類孩童般的姿態。

銀白色的柔順髮絲，剔透如玻璃珠的藍色眼眸，還有一張潔白秀氣的稚氣小臉。一名銀髮藍眼的小男孩就站在大門口，雙眼紅通通的，還噙著淚水，明顯就是哭過的模樣。

但即使如此，那張小臉還是拚命地想擺出嚴肅正經的表情。

「奉……奉……」小男孩挺直胸膛，用那張努力板起的小臉說話。只不過不知道是不是太緊張，清澈的聲音有絲結巴。

還沒完整地擠出話，小男孩的身前忽然罩下一抹陰影，一刻緊緊擰著眉頭，眼神尖銳。

「所以你這小鬼不是外星人？」

然後那張小臉就像再也繃不住表情，雙眼一紅，有如受到委屈地放聲大哭起來。

「奉……奉理花大人的命令！嗚嗚嗚，吾是奉理花大人的命令……請求你們，請求你們……嗚，完成理花大人的願望！」

第十一針

誰也沒想到，這一、兩天隱匿在一刻身旁的小男孩，居然會是湖水鎮的守護神派過來的。

「這還眞是……太出人意料。」夏墨河搖搖頭，替今天的事件下了一個中肯的結論。

所有人依舊聚集在夏家客廳裡，而除了原本的成員之外，還多了一名銀髮藍眼的小男孩，同時也是淨湖守護神派遣來的使者——理華。

此刻的理華趴在一刻的腿上睡著了，身體像貓般蜷縮起來。至於出借大腿的一刻，則是臭著一張臉，表情比平時看起來還要更加凶惡數倍。

如果他以現在的模樣走在街上，別說是一般人，恐怕就連不良少年見了也要退避三舍，全然不敢生起挑釁滋事的心思。

「所以我說……」一刻控制著音量，咬牙切齒地擠出險惡的聲音，「爲什麼這小鬼巴在我腿上睡著了？事情應該是他媽的這樣發展嗎？還有蘇染、蘇冉，你們兩個王八蛋不要在旁邊拿手機拍照！拍什麼拍啊！」

一刻一時間又忘記壓低音量，頓時就看見趴在他腿上的小男孩似乎像受到驚擾，不安分地動了動。

一刻僵住身體，連大氣也不敢喘一聲。

幸好，理華也只是動一下，並沒有醒來的跡象。

一刻鬆了口氣，他實在沒有和小孩子親密相處的經驗——織女那個披著蘿莉皮的神仙不算——這讓他感到戰戰兢兢。不敢再太大聲，他改以朝自己的兩位青梅竹馬射出凶狠的眼刀，威脅他們不准再拍。

可惜蘇染他們對一刻的眼神無動於衷，如果因為這樣就有所動搖，就太小看他們之間的交情了。

「一刻和小孩的合照是難得見到的，當然要收藏起來。」蘇染將各個角度都捕捉完畢，滿足地收起手機。

「同感。」蘇冉點點頭，「蘇染，回去再交換。」

「夠了，你們兩個死到旁邊去！」一刻直接給兩名好友各一枚大白眼，隨即瞥見織女也若有所思地盯著他一邊大腿看，他心生警覺，「織女，妳別給老子湊什麼熱鬧。」

「哎？妾身才對那種硬邦邦的枕頭沒興趣，要躺也是躺青春有彈性的胸膛，不過妾身不會對毛頭小子動手動腳的。」織女高傲地抬起下巴。

「織女大人，妳就別拿一刻同學開玩笑了。」夏墨河失笑，他朝旁邊退開，讓出一個位置給織女，「不管如何，關於一刻同學你的疑問，我想答案相當顯而易見的。讓那個叫理華的小孩子停止哭泣的是你，他對你心生親近也是理所當然。」

「見鬼了，我也只是叫他不准哭而已啊。」一刻揉著額角，實在不覺得自己做了什麼令人心生好感的事。

「一刻大哥不是還給了他巧克力嗎？」尤里笑咪咪地舉手插話，「還拿衛生紙給他擦眼淚，一刻大哥果然是好人呀！」

一刻連白眼都懶得翻了。這胖子到底是多喜歡給他發卡？是要他收集一打換獎品嗎？

搖搖頭，一刻低頭瞪著趴在他腿上睡覺的軟綿綿生物——一個叫作理華、還不是眞正人類的小孩子。

當理華哭著說出自己是奉淨湖守護神之命而來之後，他的眼淚就像關不住的水龍頭，不停抽抽噎噎地哭，最後還是一刻拿出對付宮莉奈的那套威嚴，喝令他停住眼淚，果然讓對方反射性一個口令一個動作。

接著一刻再拿出了巧克力和衛生紙，要他擦乾眼淚才能吃。

理華幾乎被一刻的氣勢震懾住了，乖乖地依言而行。只是他像是哭累了，才交代出自己的身分和淨湖守護神有事相求後，竟不知不覺中睡著了。

於是才演變成現在這種情況。

到目前爲止，一刻他們知道的事只有——

淨湖守護神的名字是理花，理華是理花派遣來的使者，但不擅拿捏方法，才會弄巧成拙，反倒讓一刻誤以爲有什麼奇怪的東西纏上他。

理花有事請求一刻他們幫忙。

「只是，現在最大的問題就是……」夏墨河的身體微向前傾，手指交抵成金字塔狀，「淨湖的守護神，那位理花大人，究竟是要我們幫什麼忙？」

沒人回答得出這個問題，除了睡得正香的理華之外。

還沒將最重要的事情說完，這名小男孩就累得睡著了。而看著那張天真稚氣的睡顏，眾人偏偏也狠不下心喚醒他。

「部下三號，再讓他睡二十分鐘，沒醒來就直接叫醒他了。」織女說道：「二十分鐘夠他補充完體力了。」

「體力？」一刻揚眉，「因爲他剛弄出那堆跟恐怖電影差不多的特效，所以才會沒力？」

「當然不是。」織女伸出食指，對著一刻晃了晃，「一刻，先不管你居然將這小童當成外星人，妾身還是希望你能更敏銳一點哪。這名小童可不是人，他是淨湖守護神的力量分身，還是剛創造出來不久。別問妾身怎麼知道，妾身就算失去大半神力，也還是……」

「堂堂的織女大人。」一刻替她接下去，「行了，快說吧。」

「眞失禮。」織女鼓著腮幫子，但她也知道事情的輕重，還是立刻把話題導回正軌，「簡單而言，這小童等於新生兒，不擅使用及操控力量。恐怕在追尋一刻你的時候花了不少力氣，否則在湖水鎭時大可直接找上你，而不是拖到現在。他所做的事都會耗損他的力氣，因此才會累到睡著。但妾身有兩件事不了解……不，不是關於淨湖守護神所求之事。」

織女像是一眼就看穿眾人的猜測，她搖搖頭，沉默了一會兒再度開口，聲音稚氣而凜然。

「第一件事，這小童明明是淨湖守護神製出的分身，妾身在他身上卻沒感覺到當時在湖水鎮出現的仙氣；第二，既然淨湖守護神尚有餘力造出這小童，即便她的力量再怎麼虛弱，斷不可能如那對兄妹所言，連在他們面前露面也做不到。」

「呃，織女大人……妳說的是什麼意思？」尤里遲疑地發問，他聽來聽去只覺腦袋要打結了，卻還是聽不出個所以然來。

織女重重地嘆了一口氣，然後直接點名夏墨河，「部下二號，換你說，妾身知道你一定全弄清楚了。」

「我想，織女大人的意思是這樣。」夏墨河果然就像個極佳代理人，他流暢地將話接下去，「理華是理花大人的力量分身，可是他身上並無在思薇和湖水鎮時感覺到的仙氣，這不就說明了那縷仙氣不是理花大人所有，真正主人另有其人。況且，倘若理花大人真是我們找的那人，她也不會主動請託我們幫忙。以上，希望我沒有理解錯織女大人的意思。」

織女馬上不吝惜鼓掌，「說得太好了，不愧是妾身的部下二號！那縷仙氣屆時可以直接詢問淨湖守護神，不過那對兄妹……」

「那對兄妹……」尤里也跟著陷入沉思。除了樓梯間那次，今天似乎就沒和他們打過其他照面。

除此之外，是不是還有什麼值得注意的事……啊！那隻黑手套！

尤里驀然「啊」了一聲，不敢相信自己居然把重要的事忘得一乾二淨。

而就在同時間，同樣發出驚呼的還有另一人。

「洗衣機！」一刻猛然站起，這突來的動作讓趴在他腿上的理華差點就要滾下去。

眼明手快地扯住理華往沙發放，也不管自己是否吵醒他，一刻鐵青著臉，呻吟了一聲，

「靠，我忘記家裡的洗衣機了……」

「洗衣機？」尤里困惑地問道，不懂話題怎麼瞬間變到這上面來。

一刻沒回答，只是迅速地拿出充完電的手機，直接撥給另一個人。直到一刻喊出對方名字，在場眾人才知道他打給誰。

「喂，莉奈姊？」

「我知道妳今天要加班……不，我不是問妳這個。」

「我要問妳洗衣機……夠了，先讓我說完！」

「妳出門前有把衣服拿出來晾嗎？我有寫紙條……」

也不知道手機另一端的宮莉奈回答了什麼，所有人只看見一刻的臉色越來越黑，抓著手機的手指似乎也越來越用力，指關節都明顯突了出來。

下一秒，白髮少年用著堪稱粗暴的動作闔上手機，他說：「老子要先回去一趟。」

「咦？」織女吃驚地在沙發上跪起身子，「慢著，一刻，爲什麼要先回去？吾等不是還要先聽小童說明一切？」

「你們先問他，我半小時就回來。夏墨河，外面的腳踏車可以借我吧？」一刻看向這個家目前的主人。

「當然可以。」夏墨河下意識應允，「但……一刻同學，我可以問是發生什麼事了嗎？」

「我姊忘記晾衣服了。開什麼玩笑，這種天氣那堆衣服再不拿出來，會在洗衣機裡臭掉的！」一刻抓起扔在沙發上的制服外套和書包，一邊急步往大門走，一邊對客廳裡其他人扔下話，「總之，你們負責先問，有事打手機。蘇染、蘇冉做記錄，直接跟我說結論，就這樣。」

隨著關門聲響起，那抹頂著白髮的人影也眞的消失在這幢屋宅內。

忽然有動作的是本來還迷迷糊糊的理華。

一發現一刻離開，理華睜大眼，睡意頓消。

「等一下，一刻大人！吾也要跟你去！」說著，銀髮小男孩立刻跳下沙發，顯然眞的想追著衝出屋外。

「你才給妾身等一下！」織女的動作不慢，她眨眼就雙手扠腰地擋在理華面前，小臉氣惱，「把事情先交代清楚，小童。那位理花到底要拜託吾等什麼事？還有，那是妾身的部下三號，妾身都沒跟了，你也不能跟！」

「咦？咦？」理華像是一時間不知道該怎麼面對織女的指責，剔透的藍眼睛有絲慌亂。但很快，他就尋回下位者對上位者該有的禮節，立即彎下腰，「理花大人希望各位神使大人能阻止蔚商白和蔚可可，不要讓他們繼續走歪路，不要讓他們……成爲瘴的餌食。」

「成爲瘴的餌食？」織女愕然，怎樣也沒想到會得到這樣的答案。

理華眨眨眼，倏然間指著一旁喊道：「大人，有布丁在飛！」

「什麼？哪裡？哪裡？」織女瞬間轉過頭。

沒想到就在這個空隙，理華的身體崩融爲水，一晃眼就越過織女，飛速地鑽向門縫，全數滑了出去。

客廳裡，只剩下小男孩臨走前留下的最後一句話。

「蔚商白和蔚可可已經聽不見理花大人的阻止，也無法看見她。他們用了錯誤的方法，他們在主動造成瘴的出現！」

織女怔怔地站在原地，沒有對自己遭到矇騙一事感到惱怒。她望著已經不見任何水漬的門口處，腦海裡不停迴盪那句話。

他們用了錯誤的方法，他們在主動造成瘴的出現……

□

一輛外形優雅的腳踏車卻以粗暴的速度甩尾拐進一條巷弄內，最後再猛烈地一個煞車，發出刺耳的聲音，硬生生地在一幢屋子前停下。

聚在小巷邊聊天的幾名中年婦女本來還想斥罵那名危險的腳踏車騎士，但是一瞧見那頭在這兒可說是無人不知的白髮後，立刻打消主意，閉上嘴巴，不自在地解散開來，紛紛回到自家去了。

一刻跳下腳踏車，渾然沒留心周遭發生了什麼事，一顆心全繫在那堆沒拿出來的衣服。將腳踏車停在自家門口，一刻迅速地衝向大門，正準備拿出鑰匙，卻突然發現身側好像多了一抹陰影。他狐疑地扭過頭去，眼瞳微縮，險些尖叫出聲。

照理說應該待在夏家的理華，不知何時竟站在這兒，一雙剔透的藍眼睛還相當認眞地注視著一刻手中的鑰匙，似乎在期待他示範如何開門。

注意到抓著鑰匙的那隻手一直未有動作，銀髮藍眼的小男孩好奇地仰起頭，望見的卻是一刻慘白還布滿驚恐的臉。

「一刻大人？」理華先是困惑，隨即警戒地東張西望，秀氣的臉蛋嚴肅，「有東西出現？是不是有什麼不好的東西出現？」

「出現你媽啦！」一刻吸口氣再低吼，表情凶惡猙獰。天知道他是花了多大的力氣，才沒有被嚇到腿軟兼沒面子地慘叫。

靠么咧！這小鬼是不知道這樣神出鬼沒地現身，眞的會嚇死人嗎？

「吾的……母親？」偏偏始作俑者的小男孩只是更納悶地偏下臉，全然就是一副狀況外。

「不是，那只是一種……算了，拜託你別在意。」一刻見了哪還氣得起來，只能無力地揮揮手，「爲什麼你這小鬼會在這裡？你不是該把事情解釋給織女他們聽嗎？」

「吾有說了。」理華嚴肅地挺起小胸膛，「吾有向其他大人說了理花大人的願望，希望能幫忙阻止蔚商白和蔚可可。」

「蔚商白和蔚可可？這又干他們什麼事？」一刻摸不著頭緒。

然而就在理華想向他說明的時候，一刻卻忽然被轉移了注意力。

天色尙亮的晚間，金橙色的夕陽光輝籠罩在巷子另一端。

在這陣彷彿要將一切都吞噬進去的魔幻光芒中，一刻看見隔壁屋子的大門被打開了。

那棟門牌號碼是「十三」號的屋子卻沒有人走出來。

一刻收回已經搭上門把的手，他盯著那扇半敞開的門，腦子裡不由自主地迴響起夏墨河曾說過的話。

「我不清楚鍾叔從我們家離職後是不是又再婚了。他以前的確有一名女兒，叫作澄澄……但她在八年前就過世了。和小荷碰上類似的……遭遇。」

「一刻大人？」理華輕聲地問著忽然默不作聲的白髮少年，「你怎麼突然在看那棟屋子？那屋子給吾不好的感覺，從昨晚到這來的時候就……一刻大人！」

一刻像是沒聽見理華的叮囑，他無預警地朝那棟屋子走去。

理華大吃一驚，趕忙伸出小手臂想拉住一刻，但反被人拖拉著走。

雖然眼前的大門半開著，但一刻還是先按了下門鈴。

發現昏暗的屋內沒傳出回應，他又試著對門內大喊，「鍾叔！鍾叔，你在嗎？」

「嘻嘻嘻！」小女孩稚氣的嘻笑聲倏然由走廊間響起。

緊接著是啪噠啪噠的腳步聲，聽起來像是有小孩在樓梯間奔跑。

下一剎那，尖厲的叫聲幾乎撼動了整棟屋子。

一刻大駭，顧不得自己的行爲其實是私闖民宅，他想也不想地衝了進去。

「一刻大人！那不是活人會有的……一刻大人！」理華要阻止已來不及，眼見一刻衝上樓梯，他連忙尾隨於後。

一樓的大門自動關上。

門牌號碼十三號的這棟屋子依舊靜默地沐浴在夕陽餘暉中，就像什麼事也不曾發生。

一刻尋著那聲淒厲異常的尖叫追到了二樓。

可是當他一踏上二樓走廊的瞬間，所有聲音就全部戛然而止，彷彿一切只是場幻覺。

一刻不是白痴，猜得到眼下的情況不對勁。他深呼吸，握緊拳頭，決定不打退堂鼓。

那些笑聲、跑步聲，還有尖叫，擺明就像是特意引人前來。既然如此，就來瞧瞧對方有何目的。

「一刻大人。」

一隻冰涼的小手伴隨著一聲呼喚，毫無預警地抓住一刻的手臂。

如果不是一刻認得那是理華的聲音，只怕他會下意識地揮出防備的一拳。不過即使如此，他還是十足地被嚇了一跳。

「拜託不要無聲無息的，你是眞的想嚇死老子嗎？」一刻惱怒地抽回自己的手。

「不，吾怎麼可能會想嚇死一刻大人？你是非常好的人。」理華一板一眼地說，小臉上沒有一絲開玩笑的意味。

「得了，就說別再發我……算了。」一刻無力地耙了耙炫亮的髮絲，發現面對理華，他說最多的恐怕是「算了」這兩個字。

雖然說沒辦法叫理華別發他好人卡——說了，只怕又得解釋一堆——但一刻忍不住都想自問了，他的腦門是有刻著大大的「好人」兩個字嗎？

「一刻大人，吾希望你別貿然行動。」理華拉拉一刻的衣角，仰著臉說：「這屋子裡沒有活人的味道，吾有不好的預感，吾等還是先離開，其他大人不是還在等著一刻大人你回去？」

「沒有活人的味道？所以果然又是見鬼了嗎？」一刻吐出一口氣。對於自己能夠冷靜地說出「鬼」這個字，他自己也覺得有些哀傷，這可不是一般人該習慣的事。

但曾見過一整個學校幽靈的一刻，那獨獨一隻鬼，對他確實是缺乏了震撼力。

「小鬼，換句話說，也就是這屋子除了我，沒人在了嗎？」一刻眼裡閃動銳利的光芒。

假使蘇染或蘇冉在場的話，熟知朋友性子的他們就會立刻知道，一刻已經決定好要去做某件事了。

「是的。」理華反射性回答，然後他吃驚地看著一刻的食指伸了過來，直指他的鼻尖。

「很好，那二樓交給你，三樓我負責。趁鍾叔還沒回來，快點弄清楚對方到底想讓我們知道什麼，原地解散！小鬼，動作快！」

「什……」理華瞪大像玻璃珠的眼睛，「一刻大人，吾不是才說別貿然行動……一刻大人，吾的名字是理華，不是小鬼！」

將小男孩的嚴正聲明拋到腦後，一刻現在可沒心情去管對方的名字到底是理華還是理花，他三步併作兩步地直奔三樓。

即使屋外的天色尚未暗下，但因爲屋內窗簾拉起的關係，三樓的空間和一、二樓一樣被昏暗佔據。

一刻不確定要從哪間房開始找起，所有的房門都閉得死緊。萬一浪費太多時間，等到屋主回來，那就不妙了。

擅闖別人家這種事，要是傳出去，會給莉奈姊惹上麻煩。

「嘻！」

驀地，又是一聲細細的笑聲清晰響起。

一刻一凜，馬上想找出聲音來源。剛一轉頭，竟瞧見走廊盡頭的一扇門無聲無息地開啓。門板自動向後滑退幾寸，宛如有隻看不見的手將之推動。

「幹，有沒有這麼準？」一刻可沒想到自己一挑，就挑到有問題的那個樓層。他瞪著那間明顯要他進去的房間，隨後不再猶豫地邁出腳步。

一刻曾預想自己可能會看見什麼，模樣完整的小女孩幽靈或者模樣破碎的小女孩幽靈——她被分了屍，還被挖走眼睛。

可是、可是，一刻作夢也沒想到，當他走進那間被用來充當書房的房間後，他見到了一隻蒼白細瘦的手，僅僅只有手而已。

那隻手浮在半空，大拇指、中指、無名指、小指握起，唯獨食指伸出，筆直地指向一處。

一刻當場呆住，全身像被冰水沖刷而過。

在書櫃特意被空出來的一個位置裡，擺著兩個透明的玻璃罐。罐裡裝著滿滿的液體；而浸泡在液體中的，赫然是兩雙眼珠！

一刻僵住身體，喉嚨像被某種堅硬灼熱的物體哽住，發不出任何聲音。

玻璃罐邊緣還貼著一張寫了字的標籤，左邊是「夏墨荷」，右邊則是「鍾澄澄」。

「別開玩笑了……」一刻乾澀地吐出聲音，顫慄和寒意咬囓著他的四肢百骸。

前所未有的衝擊使得這名少年忘記留意四周，他沒有注意到那隻浮在半空的蒼白手臂已經轉了方向，食指直指門口，更沒有注意到有人在他背後高舉椅子，然後重重地揮砸下去。

在被劇痛和黑暗吞噬意識之前，一刻最後的記憶是鍾叔冰冷陰暗的眼睛。

第十二針

時間已經過了一小時，然而一刻還是沒有返回夏家。

「啊！妾身等不下去了！」細眉大眼的小女孩再也沉不住氣。她從沙發上跳下，大力揮動兩隻細細的胳膊，「這太奇怪了，為什麼一刻到現在還沒有回來？妾身的部下三號明明說半小時內就要回來的吧？難道他在路上遇到比妾身還要天眞、可愛的蘿莉？不可能，妾身可是早就把部下三號迷得暈頭轉向才對哪！」

「織女大人，暫且不管一刻同學其實沒有蘿莉控傾向……他這麼久還沒有消息，眞的不尋常。」夏墨河斂起慣有的微笑，秀麗的眉宇蹙起。

縱使和一刻認識的時間不長，但也足夠夏墨河了解對方並不是會無故失聯的人；正好相反，宮一刻有著極強的責任心。

「會不會是一刻大哥不小心栽進其他家事裡？」尤里認眞地問著，「他可能晾完衣服，然後又忍不住收拾屋子之類的？」

織女和夏墨河沉默，覺得這猜測倒很符合那名白髮少年的作風，隨即他們有志一同地望向在場對一刻最了解的兩人。

「尤里的猜測有可能，但，不是。」蘇染面無表情地舉起手機，語氣清冷卻又彷彿在極力壓抑什麼，「他不會不接手機。」

「家裡電話也沒人接。」蘇冉的左頰閃現一瞬間的赤紅花紋，襯著他缺乏表情的臉和那雙冷硬的藍眼，反倒有種山雨欲來的危險。

這下子就算蘇染他們沒說什麼，客廳裡其他三人也能知道一件事——一刻肯定是出事了！

「部下一號、二號，還有妾身的兩位部下候補，現在馬上和妾身到一刻家去！」織女小手一揮，飛快下達命令。

眾人毫無遲疑，由蘇冉抱起織女，一行五人動作迅速地離開夏家大宅。

屋外的天色已暗，潭雅市籠罩在紫藍色的夜空之下。

爲了節省時間，夏墨河等人直接使用神力，以常人難以想像的高速在市區上空奔走縱躍。高度和昏暗的夜色給了他們最好的掩護，使得下方的人們不曾察覺到異樣，即使剛好有誰抬起頭，也來不及捕捉什麼。

當中，尤里的速度稍遜其他人。他本就不擅長體力活，因此才過了幾條街道，便開始和同伴們拉出了距離。

眼見自己落後其他人，尤里不禁有些心急，但兩條胖乎乎的腿就是邁不快，過度喘急的呼吸甚至妨礙了速度。

尤里終於忍不住在一處屋頂稍作休息，他彎著腰，大口大口地吸著氣，一邊痛下決心，自己眞的該好好鍛鍊了。

正當尤里覺得呼吸稍順，準備重新追上夏墨河等人時，他的背脊倏然間掠過一陣陌生又熟悉的感覺，他猛然抬頭，大睜的眼眸不偏不倚捕捉到四周景物一瞬間出現了疊影。

即使下一秒就看不出任何異樣，但已經足夠讓尤里震驚了。

身為神使，他絕對不可能認不出來……有人布下了預防現實會被破壞的結界！

但這結界，和他們使用的卻又稍顯不同……也就是說，這裡有其他神使，和瘴！

「瘴」這個字眼一掠過腦海，尤里馬上挺直背脊，警戒不已地四下察望。然而不論他再怎麼留心，卻完全感受不到屬於瘴的妖氣。

這是怎麼回事？會布下結界，向來不都表示有瘴出現嗎？

緊接著，尤里又注意到下方某處忽然又有透明的東西直衝上空。還來不及看清楚，他就發現到那透明的液體瞬間擴大，將廣大的地區包圍住。

然後，奇異的事發生了。

那些該是車水馬龍的熱鬧街道居然剎那間變得極端冷清，不管人或車都像憑空消失般。

尤里知道這是什麼，這是為了排除無關之人的「結界補強」。

可是、可是……到底為什麼要布下結界？在明明就感應不到瘴的妖氣之下？

倏地，站在屋頂上的尤里睜大眼，他看見幾抹人影從其他地方走出來。

由於正使用神力的關係，尤里的眼力比平常還要敏銳，他看見那幾人——有男有女、衣著普通，唯一的共通點是胸前有著明顯的欲線——都是一臉慌張不安，像是不知發生了什麼事。

尤里越感困惑，他不懂布下結界的不明人士爲何獨獨留下這些人。

他們的胸前有欲線，但只到及腰長度，距離垂地還有一段距離。

尤里沒辦法說明眼下的感覺，但他眞的浮起某種不安，下意識地找出手機，想打給夏墨河他們。

只不過就在下一刹那，映入他眼內的景象，令他不由得忘記動作。

尤里看見又有一人從巷弄內出現了，是名穿著制服的鬈髮女孩，湖水藍上衣和灰色裙子，令人格外熟悉。

尤里屏住氣，明白了布下結界的人是誰——

蔚可可！

尤里覺得自己的雙腳像被釘在屋頂上，只能眼睜睜看著女孩靠近那些陷入慌亂的人們。

蔚可可想做什麼？她獨立出這些人是想……

尤里的眼瞳瞬間收縮，他親眼目睹鬈髮女孩向其中一人伸出手，她的手指手背湧冒出一圈圈黑色，就像戴了一隻黑色手套。

然後，那漆黑的手指竟是抓住面前男人的那條欲線，毫不猶豫地飛快一拉！

可怕的寒意瞬間從尤里腳底衝上腦門。當初在淨湖畔突然出現的七隻瘴、今天早上在學校見到的詭異場景，還有理華說的那些話……

「他們用了錯誤的方法，他們在主動造成瘴的出現。」

所有眞相在這瞬間拼湊完成。

尤里背脊發冷，作夢也沒想到會有神使強制將他人的欲線拉長。

欲線被拉長的男人渾然不知發生什麼事，他露出了像在看神經病的表情，可是很快地，男人的表情變了。不只他，他身邊那幾人的表情全都變成一個共通的名字——

恐懼！

藉著路燈和建築物透出的光線，那些人清楚地望見了令他們駭然的景象，那根本不該在現實發生的景象。

男人的腳底衝出了黑暗，沒有固定形狀的黑暗黏稠碩大，像是一灘爛泥高高衝起，再對著下方面孔扭曲的男人衝下。

黑暗裡發出了兩簇不祥的猩紅光芒。

「住手！」尤里用盡力氣大叫，在蔚可可驚詫回頭時，他拚命地衝了過去，掌心裡的天藍神紋冒出光芒，從裡面鑽出同色的螺旋光紋。

不管其他人的震驚目光，尤里立刻從光紋裡抽出一柄修長的鐵色大剪刀。

然而，他的速度終究是慢了，宛若爛泥的黑暗就在他的眼前將那名男人從頭到腳一口氣吞噬殆盡！

上一秒還站著一名男人的位置，現在只剩一團如同活物蠕動的黑暗。

然後黑暗頂端再次亮起紅芒，那原來是它的眼睛。

「怪、怪物……」

「救命！」

「噫！有怪物！」

見到這駭人光景，其餘幾人嚇得尖叫，拔腿逃竄。

「啊！你們怎麼能跑？我線可是還沒……煩死了，你這隻瘴這時候別來礙事啦！」眼見自己特地選上的目標們居然要逃離，蔚可可一急，但是最先被欲線釣出的那隻瘴，卻在同時對她展開了攻擊。

蔚可可身形靈活一閃，一下子就退避到安全的範圍。她看著瘴，看著那些逃跑的人們，再看看意料之外的尤里，她又氣又惱地跺了跺腳。

「討厭、討厭，尤里你沒事來湊什麼熱鬧？壞人家的事也不是這個壞法！我受夠了！哥，你快點出來啦！你再不出來，那些傢伙都要跑光了啦！」

哥？蔚商白！

尤里驚駭扭頭，瞧見那些欲逃跑的人們停了下來，不是他們不逃，而是在他們的正前方，居然又出現一抹人影。

高個子的少年手持雙劍，眼眸有如鐵塊般冷硬，渾身散發著危險冰冷的氣息。

「這……這到底是怎麼回事？這是在拍戲嗎？這是在拍戲對吧！」有人尖聲畏怕地喊。

「你們不需要在意，反正你們待會就會忘記了。」蔚商白右手提著的長劍忽然消失，取而代之的是他的指尖和手背上纏冒出一圈又一圈的黑線，眨眼間像戴了一隻黑手套。

尤里已經知道蔚商白想做什麼了！

「不行！快住——哇啊！」但是尤里沒辦法奔上前阻止，那隻長得像爛泥巴的瘴轉向他發動攻擊了。

「尤里加油！這隻瘴其實很弱的！」蔚可可不知何時坐在路燈上，她拍著雙手，笑聲活潑清脆，沒有任何惡意。

尤里不敢置信，蔚可可的態度沒有絲毫惡意，她是真的認爲現在的事再正常不過。

不對……這一點也不正常！

尤里狼狽不已地躲開攻擊，他抓著剪刀在地上滾了幾圈，有些急促地喘著氣，身旁散落著幾塊被他剪下的黑暗。

無視他人的意志，強迫將欲線拉長，讓人無端被瘴吞噬……這種事，怎麼可能正常！

尤里看不見蔚商白和那些人，瘴發出了沉重的咆哮，瞬間鋪天蓋地朝尤里罩下。

他來不及逃，只能閉眼，反射性地呼喊出浮現在腦海裡的兩個名字——

「墨河！一刻大哥！」

「線之式之一，封纏！」

幾乎同一瞬間，中性清亮的嗓音迅速響起。

坐在路燈上的蔚可可全身一震，還來不及看向聲音來源處，就先發現有兩道赤艷如火的紅光掠過眼前，快若雷電，轉瞬間呈對角地在瘴身前交叉劃過。

所有的事都在這短得不能再短的時間內發生。

尤里睜開眼，驚愕地看著漆黑的妖怪停住了一切活動，沒有攻擊、沒有咆哮。

下一剎那，瘴的紅眼失去光芒，龐大的黑色身體散裂成四大塊，重重地墜落地面。

尤里的雙眼越睜越大，眼裡的驚愕逐漸變成驚喜。

此刻站在尤里身前的，不再是那團形如爛泥的瘴，而是兩抹手持赤紅長刀的威凜身影。

「阿冉！小染！」尤里連忙爬起，圓胖的臉上是掩不住的開心。

藍眼少年和少女沒有回應，他們在確認尤里未受到傷害後，隨即同時掠出，兩柄長刀竟是有志一同地架在從路燈躍下的蔚可可身前。

刀身雖沒貼至皮肉，但威脅的意味相當明顯。

另一端，蔚商白則是被無數潔白的絲線束縛住行動。他英俊的面孔沒有表情，唯有一雙眼睛湧動著火焰似的情緒。

「這是什麼意思？」蔚商白的聲音緊繃冷硬，隱含著咄咄逼人的凌厲，「你們這是什麼意思？夏墨荷！」

「什麼意思？要問這句話的人應該是妾身才對吧？」說話的人不是拉扯住白線另一端、穿著簡單中性便服的秀麗人影，而是一名宛若人偶、精緻可愛的小女孩。

織女從夏墨河的身後走了出來，她小手一揮，那些驚慌而不知所措的人們頓時失去意識，一個個癱軟下來。

「部下二號，將他放開。」織女命令道：「要是他沒能解釋清楚，妾身可以允許你將線之式通通用到他的身上。」

「織女大人，妳這樣說，顯得我好像虐待狂似地。」夏墨河失笑，依言將白線收回，只是他的唇邊雖掛著笑，但看向蔚商白的眼神卻帶著距離。

見蔚商白被放開，蘇染和蘇冉對視一眼，接著也收起長刀。

一回復自由，蔚可可馬上奔回蔚商白身邊。

「好了，既然眼前有個現成的談話空間，就讓妾身直接問清楚。」織女抬起尖細的下巴，黑亮的大眼睛全無稚氣，散發強大逼人的氣勢，「你們在做什麼？淨湖守護神的神使，是誰讓你們做出如此愚蠢之事？現在，回答妾身！」

蔚可可和蔚商白頓時只覺得呼吸一窒，那份威勢是他們從未碰過的。蔚可可甚至短促地抽了口氣，下意識後退一步；蔚商白卻是挺住了，他冷聲道：「為什麼不能？又是哪裡愚蠢？」

織女像是沒想到會遭人反問，小臉露出訝然。

「對啊，我哥說得沒錯，為什麼不能做？」蔚可可不服氣地揚高可愛的臉蛋，「我們又不是做什麼大逆不道的事，那些欲線遲早會變長引來瘴，我們只是提早讓這種事發生；而且我們也會把瘴消滅掉。所以說，這樣做到底有哪裡不對啦！」

「為……為什麼妳還可以這樣問？」尤里震驚地瞪著對方，「這本來就是不對的……你們擅自將欲線拉長，本來就是不對的！」

「為什麼？」蔚可可雙手扠腰，圓圓的眼睜得更大了，「欲線遲早都會變長，只要多消滅瘴，神明大人，我們的理花大人就能……」

「可可！」蔚商白強硬地截斷妹妹的話。

蔚可可似乎也驚覺自己無意中說得太多，趕緊摀住嘴巴。

「理花大人？你們的意思是你們做這些事是為了理花大人？」夏墨河覺得事情隱隱有些不對勁。

「對啊，因為理花大人告訴我們……啊！不行、不行，就算是小荷也不能告訴妳。」發現自己差點又要說漏了嘴，蔚可可連忙搖搖頭，還對夏墨河比出一個「X」的手勢。

但是夏墨河已經聽見關鍵部分：「因為理花大人告訴我們……」

這又是怎麼回事？淨湖守護神明明央求他們設法阻止他們兄妹倆，可是對方現在卻又說他們做的一切，都源於那位守護神的吩咐？

是誰在說謊？誰是眞誰又是假？

「不像說謊，他們。」蘇染上前一步，輕聲說。

「理華也是。」蘇冉也說。

夏墨河不由得一怔。如果雙方都沒有說謊，那豈不就像是……

「太奇怪了，聽起來淨湖的守護神像是有兩個一樣……」尤里喃喃地說，殊不知他無心的一言，卻有如在湖上投下巨石。

夏墨河神情驟凜，飛快地看向織女。

「什麼？怎會有兩個？」蔚可可吃驚笑起，「淨湖的守護神只有理花大人一個而已啦！」

「可是那位理花大人明明叫我們阻止你們啊！」尤里說道：「這樣聽起來，根本就像和你們說的『理花大人』不一樣吧？」

「咦？」蔚可可愣住，蔚商白的表情也起了變化，似乎從沒料到會發生這種事。

「那位理花大人派了個叫理華的使者來找我們，他說你們在主動造成瘴的出現，那是錯誤的方法。」尤里沒察覺到蔚氏兄妹的驚愕，他認眞地再說下去，「擅自把別人的欲線拉出來，這本來就……」

「胡說。」蔚可可打斷了尤里的話，那張可愛的臉蛋此刻看起來竟是又氣又急，「你胡說！理花大人才不可能做這樣的事，因爲明明就是她告訴我們的！只要多消滅瘴，業績越高，她就越有可能脫離無名神的身分，不會消失在這個世界上了！」

「蔚可可，誰教妳那麼多話的！」蔚商白厲喝，但這次卻震懾不了自己的妹妹。

蔚可可無視他人震驚的眼神，迅速抓住兄長的手臂，「哥，理花大人當初是這麼告訴我們的對吧？爲什麼她又要說我們的方法錯誤？不對，本來就沒錯啊，我們才沒有做錯……」

「我們本來就沒有做錯事。」蔚商白盯著妹妹的眼睛，一字一字沉聲地說，他按住妹妹的肩膀，隨即冰冷地看向夏墨河等人，「我們不會相信你們的話。早從理花大人告訴我們可以這麼做之後，她就因爲虛弱而不曾再露過面。現在，你們卻說她有餘力派遣使者？胡言亂語也要有個限度。」

「我們才不是……」尤里氣憤地想衝上前，卻被一隻舉起的細白小手阻擋下來。

「部下一號，退下。」織女說，她用一雙一點也不像小孩的冷靜大眼望著蔚氏兄妹，「先不論吾等是不是矇騙你們二人，妾身有兩件事想再問你們。第一，你們手上用欲線編織成的手套，也是那位『理花』給你們的嗎？」

用欲線編成的手套!?乍聞織女吐出驚人的八個字，夏墨河等人不禁驚愕不已。他們立刻看向蔚氏兄妹的手，眼裡滿是難以置信。

「怎、怎麼……」尤里結結巴巴地說。他雖然知道那絕非普通手套，可是作夢也沒想到居然是用欲線編織的。

「是又如何？」蔚商白冷傲回答，態度不見動搖，「理花大人一開始就告知我們，唯有用這種手套才能抓住他人的欲線。她也說了，這對神使並不會有任何影響。」

「愚蠢。」織女說，她看見蔚商白的眼裡竄閃過一絲怒意，但她沒有針對這點繼續下去，反而提出第二個問題，「妾身還未問完。第二，你們當眞認爲主動造成瘴的出現毫無錯誤？」

「妳大可以告訴我們何錯之有？」蔚商白的聲音明白表現出不耐與不悅，「就像可可說的，欲線遲早會引來瘴，我們只是提早促成這件事的發生。就算那些人被瘴寄生了，但我們會救出他們，他們也不會記得發生什麼事。別說有錯，我們甚至還因此大幅地消滅瘴的存在。」

「不對！不對！」尤里拚命搖頭，可一時之間竟不知該如何反駁。

「哪裡不對？你就直接說出來呀！」蔚可可似乎不再慌亂，氣勢十足地質問道。

「或許欲線不會再長，你們沒想過？」出聲的人是蘇染，鏡片後的藍眼睛不見波瀾，「或許你們拉出了欲線，卻發生了連你們都無法收拾的狀況？」

「可……」蔚可可一時語塞，但很快又大聲地說：「可是沒發生啊！到現在爲止，都沒碰過妳說的那種事。而且欲線不會再長又怎樣？我們可是讓它徹底消失耶！」

「夠了，妾身明白了。」織女抬起小手，示意身後眾人不用再開口，「妾身已明白如何處理這情況了。部下一號、二號、阿冉、小染——抓住這兩個不知自己有多愚蠢的笨蛋神使！」

「什……！」壓根沒想到織女會下達如此令人措手不及的命令，蔚可可大驚，手上黑線褪去，右手神紋立即閃現光芒，原先空盪的掌心轉眼間抓住一柄彎弓。

同時蔚商白的雙手也握住兩把利劍。

兄妹倆飛快地背靠背，彎弓與長劍刹那間流竄過宛若植物枝蔓的綠紋。

眼見一場戰鬥就要開始，突然從天空上疾竄下一束銀白光芒，在眾人反應不及的瞬間，直砸在蔚商白他們與夏墨河等人之間。

所有人都愣住了，銀白光芒迅速散逸，一名銀髮藍眼的小男孩出現在眾人眼前。

「理華！」尤里吃驚地大叫出聲。

「理華？誰？這又是誰啊！」蔚可可簡直想跺腳尖叫了。有四名神使包圍他們兄妹已經夠了，現在又多個不認識的人？是神使嗎？是新的神使嗎？

「所以妾身才說你們不知道自己有多愚蠢，連自己追隨的神也認不出來了嗎？」織女嚴厲指責，「欲線編織的手套？神怎麼可能會送那種污穢的東西給自己重要的神使？早在你們收下的那一刻，你們的耳目都被污穢給矇蔽住了。」

「追隨的神？理花大人……不、不可能……」蔚可可大腦一片空白，她身體晃了晃，如果不是背後還靠著蔚商白，說不定早就雙腳一軟。

即使是蔚商白，在看見神似理花的理華，並聽見織女那番話後，眼裡終於出現了動搖。

由理花力量化出的銀髮小男孩卻沒多看兄妹一眼，他蒼白著一張小臉，用力抓住離他最近的夏墨河的手。

「一刻大人……一刻大人他……」稚氣的嗓音彷彿快要哭泣。

「一刻怎麼了？」

「他在哪裡？」

夏墨河還未詢問，蘇染和蘇冉便已一個箭步衝上，兩雙藍眼像翻騰著嚇人的冰冷火焰。

「理華，冷靜點。一刻同學發生什麼事了嗎？」夏墨河蹲下身，雙手改壓住理華的肩膀。

他發現理華的身軀居然變成了半透明，不安和驚訝浮上他的心中。

「一刻大人他被……被人打傷帶走了！」理華發出像是悲鳴的聲音，宛若幼獸嗥叫。

這句話，對蘇染他們無疑是晴天霹靂。

「一刻被打傷？」不敢置信的另一道童聲響起，織女大睜著眼，小臉上滿是無法接受現實的茫然，「還被帶走？不可能……不可能！」

織女衝上前，小手揪住了理華的衣襟。

「那可是妾身的部下三號，他怎麼可能發生這種事？妾身的部下三號怎麼可能會發生這種事！」

「織女大人！」夏墨河連忙拉住情緒激動的小女孩，但他自己質問理華的語速也不自覺變得飛快，「理華，一刻同學是被誰打傷的？被帶去哪裡？」

「吾不知道那是誰……」理華努力讓聲音回復正常，他捏緊拳頭，蔚藍色的眼裡滿是自責與悔恨，「一刻大人進去隔壁的屋子，數字是『十三』的屋子……吾和他分開找東西，然後他就被一個中年人……但吾不懂，吾當時的確沒感受到活人之氣……」

「隔壁的屋子？」尤里茫然地問。

「……鍾叔。」夏墨河鬆開圈抱織女的手，聲音輕得不可思議，「我們家以前的司機。」

「那個送小蛋糕的人類？」織女眨下眼，她搖搖頭，「爲什麼？妾身不懂……」

「一刻大人看到了……」理華的聲音忽然變得微弱。

所有人驚愕地發現到，銀髮小男孩的身體已趨近透明。

「這是吾分出的部分力量，已經……吾必須回到一刻大人身邊，他醒……」這是理華說的最後一句話，他嘴巴還張啓著，但沒有人再聽見他的聲音。

下一秒，那具小巧的身子就像是再也維持不住形狀，嘩啦一聲崩解成小小的水灘。

織女尖聲抽了口氣，「一刻的位置……妾身還不知道一刻在哪裡啊！」

「我……請讓我們也……」蔚可可拉著蔚商白緊張地靠過來，感覺到多道不信任的眼神，她臉頰發燙，囁嚅地說：「先、先別管剛剛的事，宮一刻有危險對吧？他也是我們的朋友，我的意思是說……也讓我們幫忙啦！」

「他不是我的朋友，但我可以幫忙。」蔚商白語氣僵硬地說。

夏墨河沒想到蔚氏兄妹會主動提供援助，他望了織女一眼，看見後者點點頭。

「我了解了。」夏墨河深吸口氣，站起身，「現在最重要的，是找到一刻同學在……」

「已經知道位置了。」一道清冷的聲音說。

夏墨河等人吃驚地轉過頭。

蘇染拿著手機，清麗的面孔上沒任何表情，簡直像戴上冰霜製的面具，「一刻傳簡訊。」

「或者，有人用一刻的手機傳簡訊。」蘇冉安靜地說，顯然已看完了簡訊內容。他的眼神和平時一樣平淡，可再仔細一看，就會發覺底下是洶湧的暗流。

「在哪裡？」織女心急地跑上前，伸手抓過手機。但當她看清簡訊裡寫了什麼時，她愣住了。

其餘人也靠過來觀看，然後他們的臉上都露出和織女類似的表情。

簡訊的內容很簡單，只有短短一行字──

在湖水鎮淨湖，來找我。

第十三針

「一刻大人……一刻大人……」

一刻覺得好像有誰在呼喚自己，他不太確定，只覺得頭痛得要死，身體似乎撞到哪兒，全身發痛。

到底怎麼了？一刻拚命集中意識，費力地撐開眼皮，光線跟著一點一滴照射進來。

起初看到的景象模模糊糊，只覺眼前好像有一抹陰影在晃動，好不容易等他聚焦，才發現那是張焦急萬分的小臉。銀色的髮絲、像玻璃珠的剔透藍眼睛……是理華。

一刻總算在記憶裡翻找出正確的名字。

「一刻大人！」見到一刻睜眼，理華的臉上頓時綻露驚喜。

「你……」一刻擠出了一個字，進入耳朵裡的聲音乾啞得連他都嚇了一跳。他吞下口水，努力抬起還有些昏沉的腦袋，想弄清楚目前的情況。

但映入眼中的景象，卻令一刻呆愣住。他發現自己居然待在間像廢棄小屋的地方，地板滿布灰塵和細砂，牆壁與屋頂是鐵皮搭成的，屋頂下懸掛著一管日光燈。

從破了個缺口的窗戶望出去，可以看見外面天色已暗，一片沉重的夜色。

不只如此，讓一刻更加愕然的，是自己雙手竟被反綁在一張椅子上！

「幹！這是怎麼回事？」銳利的戾氣回到了一刻眼中，他啞著聲音罵道：「爲什麼老子會在這鬼地方？變成這副德性……」

一刻忽然停住原本想罵的髒話，他的眼神變得更加凌厲——他想起來發生什麼事了。

他在鍾叔家看到兩瓶裝著眼珠的玻璃罐，一個標示著「夏墨荷」，一個則是「鍾澄澄」。她們兩人竟然都是被鍾叔殺害的！

「操他媽的！是那個姓鍾的王八蛋把我弄到這來的嗎？」一刻記得自己被人用東西砸暈，事實上，他的頭到現在還在抽痛，「這是什麼鬼地方？」

「淨湖。」

理華的回答讓一刻大吃一驚，他睜大眼，沒想到自己跑到了湖水鎮。

「其實是淨湖旁的山裡，那名人類……吾不知道他究竟是不是……他將一刻大人載到山裡的廢棄屋子。」理華揉揉發紅的眼睛，深吸一口氣，不想讓一刻見到自己哭哭啼啼的樣子，「一刻大人，你還好嗎？你的頭受傷了，很疼嗎？」

頭受傷？一刻下意識想往頭部摸去，但動彈不得的手臂再次提醒他雙手被反綁的事實。

他咋了下舌，確定屋裡沒人，屋外似乎也沒動靜，便立刻對理華吩咐：「小鬼，先幫我鬆綁。我問什麼，你再回答我什麼。」

發現理華還是緊盯著他的頭沒有動作，一刻想了想，恍然大悟地又說，「我沒事，頭一點也不痛。」

這其實是個謊言，不過一刻常和人打架，早就受傷習慣了，也學會怎麼在宮莉奈面前裝作什麼事也沒發生。因此他毫無破綻的表情登時讓理華相信了。

等到理華繞到自己身後，一刻馬上扭曲著臉，無聲地罵出成串髒話。

「一刻大人，你失去意識的時候，吾有再化一個分身去通知其他的神使大人。」理華蹲在椅子後，努力地想解開繩結，「還有，吾不是小鬼，吾的名字是理華。」

「喔，小鬼。」一刻似乎沒把話聽進去，他的腦子正轉著許多事。

鍾叔爲什麼會殺害夏墨荷和鍾澄澄？鍾澄澄不是他女兒嗎？他帶他到這要幹嘛？理華說他不確定鍾叔是不是人類……這又是什麼意思？

「等一下。」一刻忽然開口，「你有和蘇染他們說我在哪吧？」

「……咦？」理華的動作頓了頓，小臉立時浮上驚慌失措，「吾來不及……吾那時居然來不及說了！」

「還眞的沒說到……別慌慌張張，先解開我的繩子，大不了等等再打手機……小鬼，躲起來！」一刻的嗓音倏然轉低，他全身肌肉緊繃，雙眼凌厲地盯住關閉的門板。

有聲音，他聽見外面有腳步聲接近。

感覺到綁住手腕的繩子依舊被人扯動，一刻語氣嚴厲地低斥道：「理華！」

「吾已經把自己藏好了，一般人見不到的。」理華說著，手上的動作不敢停下。

一刻稍微鬆口氣，然而在發覺門扇被人自外開啓的瞬間，他全身高度警戒了起來。這和平常的狀況不一樣，他即將面對的不是什麼不良少年，而是一個殺了兩個人的渾蛋殺人犯！

門開啟了，一名中年男人從外頭走了進來。看見坐在椅子上的白髮少年已經甦醒，他先是驚訝，然後露出再和善不過的笑容。

「你醒來了呀，一刻。不好意思，鍾叔叔的手段可能有些……不太禮貌。」

一刻幾乎想冷笑了，「不太禮貌？我看對你這種傢伙來說，拿椅子砸昏別人或挖出眼睛，都只是不太禮貌而已吧。」

「我也不願意做這種事，是你這種愛找麻煩的小鬼不好。」鍾叔還是保持和善的笑容，但笑裡卻開始滲出陰暗和扭曲，「居然隨便闖進別人家裡，你沒看到不就什麼事都沒有了？幸好被我發現。」

「所以你他媽的把我帶到這裡來是想幹嘛？」一刻挺直背脊，眼神尖銳，「像你對待夏墨荷和你女兒那樣嗎？」

「閉嘴！那小賤貨才不是我的女兒！」鍾叔猛然扭曲和善的面具，粗暴咆哮，「她只不過是那女人嫁我時帶來的拖油瓶，結果不到兩年，那女人又跟別的男人跑了……偏偏把那個拖油瓶留下！」

鍾叔握緊拳頭，他收緊下頷，整張臉看起來猙獰嚇人。

「我一開始也很努力養她，但她老是又哭又鬧，吵得讓人受不了。踢她幾下，讓她安靜後，她又拿著雙跟她媽一樣的眼睛瞪著人。我知道她在嘲笑我，嘲笑我老婆跑了，還得平白無故地幫別人養女兒！」

鍾叔重重地喘氣，胸膛急促起伏。他揮了一下手，彷彿在驅趕那令他厭惡的視線。

「所以，我讓那小賤貨再也瞪不了人……不過這樣還不夠，她老愛跑來跑去，在地板亂踩亂跳，我乾脆砍下那雙腳。是她的錯，如果不是她不聽話，我也用不著做這些事了。」

「你居然因為這樣就……」一刻不敢相信地瞪著那名毫不覺得有錯的中年人，他看著對方的眼神就像在看披著人皮的怪物。

那眼神似乎刺激到對方，他忽然大步走上前，大手一揮，猛力搧在一刻臉上。

「一刻大人！」理華焦急地喊。

不准出手！一刻用眼神狠狠制止了那名銀髮藍眼的小男孩，他扭回臉，有些耳鳴，口腔感到有些血腥味。他朝地上啐了一口血沫，將毫不掩飾戾意的視線對上鍾叔。

「沒錯，就是這樣的眼睛……不要以為騙得過我，我知道那小賤貨這次變成怎樣……」鍾叔喃喃地說，眼裡散發著異樣的灼熱，「明明都挖去她的眼睛了，還不安分，還用別的模樣出現在我面前。以為我不會注意到？我怎麼可能沒注意到！」

鍾叔發出了短促又歇斯底里的笑聲。

「那雙眼睛……那雙眼睛實在太好認了！我才不會上當受騙！什麼夏墨荷？那分明就是鍾

澄澄那個小賤貨！但是我都殺了，都挖出那雙討人厭的眼睛了……爲什麼又出現第三個？」

一刻的心跳幾乎要停了。第三個？什麼第三個？

「墨荷……」夏墨河驚喜又絕望地低語。

「墨荷小姐!?」鍾叔震驚地喊。

一刻覺得自己的身體在發冷，腦海中浮現出一張清麗的臉。

是蘇染，被當成第三個目標的人是蘇染！

「所以我用你的手機通知她來了，一刻。」鍾叔從口袋拿出一支掛滿吊飾的粉紅色手機，在一刻的眼前晃了晃，「她還回簡訊說立刻到呢。」

一刻的瞳孔收縮，腦袋、胸口一片沸騰，那股火燒紅了他的眼。

「瘋子……你這狗娘養的瘋子！」一刻猛然出手，他一手奪回自己的手機，另一手迅速地握成拳，朝鍾叔的臉重重砸了出去。

鍾叔根本沒想到一刻手上的繩子已經解開，他被那沉重又猛烈的拳頭揍得眼前發黑，鼻下濕熱的液體淌下；還沒從那陣嚇人的疼痛中緩和過來，就感覺到自己的領子被粗暴地揪扯住。

一刻本來要給那張已經鼻青臉腫的臉再一拳，但不知道爲什麼，他的動作竟硬生生停下。

鍾叔吃力地撐開腫脹的眼皮，他發現自己嘴裡好像有什麼東西，充斥著濃濃的血腥味。他忍不住張嘴一吐，一顆沾血的牙齒落到地上。

鍾叔甩甩發昏的腦袋，他看見白髮少年捏緊的拳頭停在半空，而表情卻是異常的震驚，就像是看見了超乎他想像的東西……

一刻的確看見了什麼，他身體僵硬，視線卻不是停在鍾叔臉上，而是，他身後。

一刻不自覺地放下拳頭，還往後退了一步。

鍾叔身後，一名蒼白的黑髮小女孩正逐漸顯現出來。先是臉，再來是手，輕飄飄的裙子底下沒有腳。

小女孩似乎知道一刻在看她，她輕歪著頭，嘴角揚起笑，襯著臉上沒有眼珠的深凹窟窿，只教人覺得毛骨悚然。

一刻從那抹稚氣又歪斜的笑容中，感覺到無窮無盡的惡意，針對某人的惡意。

他忍不住又往後退了一步。

理華用力地抓住他的手，像是玻璃珠的藍眼睛裡帶著緊張。

那是鍾澄澄，被繼父殺害，挖去眼睛、砍掉雙腿的鍾澄澄！

鍾叔像是也感到不對勁，他僵硬著身子，在原地一動也不動。接著他感覺到自己的頸後有股寒氣襲上，下巴被冰涼細小的物體貼住。

一根、兩根、三根、四根、五根，五根手指。

鍾叔發現他的下巴慢慢被扳起了，他的眼珠不由自主地跟著轉動，然後，他看見一張凹著兩個漆黑窟窿的慘白小臉，聽見有誰尖細地喊出兩個字：

「爸爸——」

鍾叔的眼珠動也不動，口中吐出了破碎的聲音，「澄……澄澄？」

下一秒，鍾叔的臉上露出了猙獰的笑。

「抓到妳了，小賤貨！」

鍾叔的眼睛變成不祥的猩紅色。

□

夏墨河請自家司機載著所有人，用最快的速度趕到湖水鎮。

一到淨湖附近，夏墨河就讓司機停下車，態度強硬地趕他離去。除非自己打電話通知，否則不准靠近這附近。

司機雖然一頭霧水，但還是乖乖照做了。

一等到那輛黑色轎車駛離，眾人迅速地往淨湖的方向跑去，不敢浪費任何時間，深怕一有耽擱，一刻的生命可能就有危險。

才剛奔至環湖步道前，一聲猛烈的爆炸聲瞬間轟然響起。

赤紅色火光從左側的山林內透出，同時伴隨而來的還有在場眾人絕不會錯認的氣息——瘴的妖氣！

「尤里！」被蘇冉抱著的織女馬上高喝。

尤里不敢遲疑，連忙從口袋裡取出線團，扯下一截白線，拋至空中；白線瞬間漲大，圈圍住淨湖附近所有地帶。

「結界補強！」另一道嗓音緊接著響起，蔚可可的右手背浮現淺綠神紋，她手裡抓著瓶裝礦泉水，朝天空使力潑灑。

透明的液體立即像條張牙舞爪的小蛇直衝天際，下一秒，水流漲大，加疊在原先的第一道結界上。

尤里這才知道，原來他之前在潭雅市見到的透明物體就是水。

雙重結界一旦設下，就不用擔心現實景物遭破壞，也毋須顧忌尋常民眾察覺騷動而靠近。

赤紅的烈焰在黑夜裡格外怵目，加上周遭全是助燃的林木，一場大火隨時可能肆虐開來。

忽然，平靜深幽的淨湖起了波動，水花捲起，轉眼形成粗大的水柱，飛也似地衝向起火的山林。大量的水一下便將烈火壓熄，濃煙和焦臭味撲鼻而來。

同時，煙霧中赫然還有一抹人影疾竄出來，那頭炫亮的白髮無異是最顯著的標誌！

「一刻！」

「一刻同學！」

「一刻大哥！」

沒想到能這麼快見到一刻，眾人又驚又喜，但蘇染立刻注意到他凝結暗紅的額角與髮絲。

那是血。

「一刻，你的傷！」蘇染素來清冷的聲調滲入焦急。

「沒很嚴重，回去再處理。」一刻的左手無名指浮現橘紋，臂彎下還挾帶著理華，他環視眾人一圈，沒想到大夥來得這麼快，接著他看見兩抹照理不該在這出現的身影，「蔚……我靠，是蔚什麼？」

「蔚可可和蔚商白，剛好碰到，來幫忙。」蘇冉簡潔交代，「不用在意他們也沒關係。」

如果是往常，見一刻居然又忘了他們兄妹的名字，蔚可可一定會哀怨地連連抱怨。可是眼下她與蔚商白就像被什麼事引走了注意，他們瞪著前一刻突生異變的淨湖，又轉向只剩濃煙冒出的山林，隨即像開始尋找什麼地四處走看。

「一刻同學，你真的沒事嗎？」夏墨河眼帶擔憂，「我們接到理華的消息……」

「一刻！」氣憤的童聲乍然響起，織女脫離蘇冉的懷抱，雙手扠腰地站在對方面前，「你居然讓妾身那麼擔心，你知不知道妾身……」

織女放下手，看起來像是想奔向一刻的懷抱，可是她注意到一刻的臂彎下還挾著理華，她揚高了柳眉，大步走上前，食指戳著理華，然後小手再往旁揮揮，要他讓位的意思非常明顯。

等到理華乖乖地自己站在地上，織女突然往後退了幾步。在一刻猛然領悟到她想做什麼的時候，織女已經用盡力氣飛撲到他的懷裡。

被這樣的速度一撞，來不及防備的一刻頓時往後栽跌，受創的後腦再次遭到重擊，讓他當場疼得齜牙咧嘴，差點罵娘。

「一刻、一刻，沒受其他傷吧？那個人類沒對你做什麼吧？」渾然不覺得自己是加重對方傷勢的凶手，織女坐在一刻的肚子上，小手揪緊他的領子，「以後不准再讓妾身這麼擔心了，你知不知道妾身擔心到在部下二號家只吃得下兩個布丁而已！」

「幹，這種事妳不如不要說……」一刻疼得眼冒金星，暫時沒力氣揮開身上的小蘿莉。他閉上眼，不想看到一堆小星星在眼前亂飛舞。

但……顯然天不從人願。

「宮一刻。」含著逼問意味的嗓音驀然落下。

一刻睜開眼，望見站在他身邊、居高臨下冷冷俯視他的蔚商白。

一刻不喜歡躺在地上看人或被人看，他按著腦袋，一手扶好織女坐起，回以一記更不客氣的凶狠視線。

「理花大人在哪裡？」蔚商白劈頭就是這一句。無視一刻的眼神，他冷聲再說道：「操縱淨湖的水，那分明是理花大人的力量。理花大人在哪裡？爲何我和可可看不見她？」

「啊？你神經嗎？」一刻表情不善地說：「我哪知道那位守護神在哪？你們不會問……」

「理花大人已經進入休眠。」

小孩子的聲音使得蔚商白和蔚可可轉過頭，他們都看見外貌神似理花的理華直直地望著他們，像是玻璃珠的藍眼睛彷彿帶有一絲指責。

「吾是理花大人用剩餘之力造出的使者，吾名理華。淨湖之水乃是吾操控的。倘若連吾所說言語都不信，那吾和你們恐怕也無話可說。一心直尋毀滅的神使，吾不想再費力阻止！」

「所、所以……你眞的是……」蔚可可睜大了眼，聲音發緊，慌亂地轉頭看向兄長，「可是，哥，這不可能是眞的對吧？因爲我們明明就是照著理花大人的吩咐……」

「愚蠢至極，理花大人豈可能拿自己神使的生命開玩笑！」理華沉下小臉，他忽然伸出手，貼近蔚氏兄妹的身前。

奇異的事發生了，他的掌心浮現碧綠光芒；如同和這陣碧光呼應，兄妹倆位在手背上的神紋也隨之發光。

蔚可可俏臉一白，雙腿竟有如脫力般一軟，蔚商白緊抿住唇，臉色鐵青。

他們兄妹倆怎麼可能會認不出這份力量——那確實是屬於理花的力量波動！

蔚可可無助地搖搖頭，她不願相信卻又不得不相信，他們一直以來堅信的一切……居然只是一場騙局？

「妾身不知道是何人給了你們欲線編織的手套，然而，神使是絕不能戴上那東西的。污穢之氣不僅會矇蔽你們的耳目，還會侵入你們的身體，污染體內神力。一旦發揮不出神力，你們只會在戰鬥中被瘴吞噬，成爲他們提升力量的最佳養分。」織女走至他們眼前，稚嫩的聲音放緩，不再帶著逼人的氣勢，「現在，將那些欲線交予妾身。」

蔚可可茫然地眨眨眼，她看著身旁的兄長，再看看面前伸出手的小女孩，一時竟不知該如何是好。

最先動作的反倒是蔚商白，他從口袋取出自己的瓶子。

然而誰也沒想到，就在兩個小玻璃瓶交到織女手上的刹那，一條細長的黑影竟是猝不及防地從他處疾射而出，轉眼間捲走那兩個小瓶子。

一切發生得太過突然，誰也來不及反應，等到所有人眞正意識到瓶子被搶走時，黑影早已消失得無影無蹤。

「什……」織女張口結舌，彷彿無法接受。

「操！」一刻卻是跳了起來，不敢相信自己居然忘了那麼重要的事。他立即將織女扯到身後，全身警戒繃緊，雙眼瞪著之前爆炸燒起大火的山林。

那裡，同時也是黑影消失的方向。

「一刻大哥，你知、知道是什麼嗎？」尤里緊張不已，一顆心提至喉嚨。

一刻臉色變了又變，他簡直想痛毆自己一拳，他怎會忘了那傢伙的存在！

「一刻，你剛全忘了？」蘇染似乎想通一刻爲何會有這種反應。

「你其實沒打死他？」蘇冉也問。

「他？誰？」織女納悶地拉拉一刻的手，但馬上被那隻手拎住，往更後面塞。

夏墨河雖不若蘇染他們一眼就能看穿一刻的心思，但他思緒靈敏，隨即推敲出了大半。

「……似乎連我們也忘了。」夏墨河柔聲說，眼神卻同時轉爲銳利地緊盯草木被燒得焦黑的那個方向，「剛剛明明有獐的妖氣出現。那麼，那隻獐呢？」

是啊，那隻獐呢？

一瞬間，所有人驚悟過來。

尤里忙抱著從掌心鑽出的鐵色剪刀；蘇染、蘇冉手持化出的赤紅長刀；夏墨河的指間不知何時出現了白線；就連蔚商白和蔚可可也迅速地召出自己的武器。

「織女大人，妳和理華退到大家身後。」夏墨河伸出手，不讓兩位神明再往前一步。確認他們都退至安全範圍後，他瞬也不瞬地注視著盤踞著黑暗的山林，等待對方現身。

屬於瘴的妖氣如今越來越濃，濃到彷彿空氣也跟著異變了。

可是突然間，夏墨河發現自己還遺漏了一件重要的事：一刻和理華安然無事地出現了，那將一刻打傷綁至此地的鍾叔呢？

疑問就像泡泡，一個接一個浮上夏墨河的心頭，不過很快地，這名少年就發現，所有問題原來只有一個共同的答案。

一抹黑影慢慢地從被燒得焦黑的草木間走了出來，每一步都帶起草葉摩挲的沙沙聲。

隨著距離不斷縮短，在場眾人都能再清楚不過地看見對方的面孔。

那是一名外表平凡的中年人，走在路上恐怕不會有人特別多注意他一眼——如果他的雙眼沒有散發出不祥的猩紅光芒。

夏墨河閉了眼。

「……瘴原來就是你，鍾叔。」

第十四針

眼睛散發出紅光的中年人望了夏墨河一眼，或許是對方打扮中性，氣質更接近女孩的關係，他困惑地歪了下頭顱，隨即眼內浮現恍然大悟。

「墨河……少……」鍾叔的聲音含含糊糊，聽起來和平時截然不同。但他很快就將視線改定住另一點，猩紅色的眼睛映出戴著眼鏡、梳綁長辮的少女。

鍾叔的身體釘在原地不動了，他的眼內湧現狂熱與興奮的色彩。

「找到了、找到了、找到了……妳果然又變成第三種模樣了，鍾澄澄！」鍾叔歇斯底里地大笑起來，他的笑聲越來越尖、越來越高，然後他的肩胛到胸前忽然裂開一道裂縫。

「噫！」蔚可可臉色發白地發出悲鳴，她從來不曾見過這種駭人的景象。

鍾叔的身體越裂越開，身體裡湧出的卻不是鮮血而是一團泥濘似的黑暗，黑暗咕嚕咕嚕地冒了出來，沒一會兒就變得拔高壯大。

緊接著，高塔般的黑暗最頂端竟生成了一張人類的臉孔，是鍾叔的臉！

「嗚嘔……」尤里感到反胃地摀住嘴。

一刻的臉色也不好看，他不禁覺得瘴的出現根本就是在挑戰人對恐怖的極限。

他X的！一隻比一隻還要嚇人是怎樣？

「那是什麼意思？」一隻手突然抓住一刻的手臂。

一刻回過頭，瞧見夏墨河的嚴肅表情。

「鍾澄澄……那是鍾叔的女兒對吧？這和她有什麼關係？鍾叔又是怎麼被瘴寄附的？告訴我，一刻同學。」

一刻知道所有的來龍去脈，可是他不知道要怎麼說出口。他神情僵著，嘴巴張了張，就是擠不出一點聲音。

他媽的，他怎麼可能說得出口！說那個神經病把女兒殺了，還妄想她變成其他人的模樣活在世上嗎？

「那是什麼……」蔚商白的聲音驀地響起，素來冷硬的聲調洩露一絲動搖。

原來那團碩大的黑暗還在蠕動，彷彿有什麼要從下方掙脫出來。

先是一雙小手，接著是一張凹陷著兩個嚇人窟窿的小臉。

放我出去……放我……

小女孩拚命想掙脫出來，然而黑暗就如同一層薄膜緊包著她，令她只能做著徒勞的掙扎。

我要殺了、我要殺了、我要殺了、我要殺了——爸爸！

小女孩的尖叫淒厲，滿懷無比的恨意。

「瘴靈……融合？」織女一眼就看出那是什麼，她不敢相信地喃喃說：「那隻瘴和怨靈融合了？一刻，到底是怎麼回事？這段時間發生了什麼事？爲什麼那名人類會突然被瘴寄附？昨天見到他時，明明就沒欲線的蹤跡……只不過是一天的時間……」

「……不是一天的時間。」一刻說著，雙眼緊盯著那張面孔。

小女孩的怨恨尖叫不斷地迴盪在耳邊，令他不由得憶起發生在廢棄小屋的一幕。

被抓住的鍾澄澄，被吞噬的鍾澄澄……然後，是他和理華爲了逃離對方攻擊造成的爆炸。

所有人都聽見了一刻的話，其中和鍾叔見過面、確定沒在他身上沒見過欲線的織女和夏墨河更不禁怔住了。

不是一天的時間？意思是說，時間更長嗎？但他們的確是……！

一瞬間，織女和夏墨河的臉上出現錯愕，他們發現到一個最大的盲點。

欲線沒有鑽出身體，有兩種情況。一個自然是欲望沒有失衡，具現不出黑線的形狀；另一個卻是——

「不會吧……」織女震驚地倒抽口氣，「那名人類從吾等第一次見到他的時候……就已經被瘴寄宿了!?」

「那傢伙藏得太好了，所以我們才會沒發現。」一刻也是在之後才想通，同時他也總算明白傍晚時鍾叔明明在家，但理華卻說屋子裡沒有他以外的活人氣息。

因爲鍾叔早就不是「人」！

「他是個瘋子，把自己女兒的幽靈給吞了，還想打蘇染的主……他睜開眼了！全部退開！」瞥見黑暗上的人類臉孔睜開雙眼，流洩出不祥的紅光，一種直覺般的危機同時竄上一刻心頭，令他瞬間高聲警告。

事實證明他的預感是正確的，當瘴的紅眼完全睜開，原先還掛在他身下的人類皮囊脫落，隨即地面竟瘋狂冒出一根又一根的黑色尖錐。

輕易就能將人串刺的尖錐分成三路，迅速地朝一刻他們逼近。

沒有多餘的時間思考，一刻等人立刻朝不同方向散開。

織女和理華分由蘇染、蘇冉各帶著一人。

「爲什麼要躲？」鍾叔的臉孔上露出和善的微笑，但襯著那異形般的身軀，卻只教人感到悚然，「鍾叔沒有惡意呀！我只是想教訓那個惹人厭的小賤貨而已……來，快把她交出來，不要以爲她換成藍眼睛我就認不出來了！快把她交給我！」

鍾叔的咆哮和鍾澄澄再度被吞進黑暗的尖叫，疊成淒厲刺耳的聲響。

不再維持和善的笑容，鍾叔的身體又一次發生異變，一團又一團的黑暗從他體內分離出來，漆黑的身軀漸漸縮小，而黑暗卻漸漸增大。

最後，不管是鍾叔或他分化出來的七團黑暗，都成了約莫一個人的大小。

黑暗蠕動，塑成似人的形狀，在臉孔的部分浮出紅點，七雙紅色眼睛同時亮起紅光。

「幹，現在的瘴是流行分身術嗎？」一刻惱怒地彈了下舌，朝蘇染和蘇冉拋出一記眼神。

隨即他對被自己拎來同一棵樹上的尤里露出笑容，「胖子，準備好了嗎？」

「什、什麼？」尤里下意識覺得對方的笑就像鯊魚咧開了嘴巴，充滿著危險。

下一剎那，他知道自己的想法是正確的……

因爲白髮少年在露出森白的牙齒後，便猝不及防地將他踢下樹……

「啊啊啊啊啊啊啊啊！」

「夏墨河，你顧好那兩隻小的！尤里、蘇染、蘇冉跟我一起！」一刻自己也迅速躍下，就像頭敏捷快速的獵豹。他的眼神射出戾光，嘴中喊出「指令，戰鬥」，右手飛速往瞬間成形的橘色螺旋光紋中抓去。

下一秒，一道鋒利的白痕就像要撕裂夜氣，奇快無比地朝一隻紅眼睛的瘴橫斬而去。

「等等，一刻同學！」夏墨河沒想到自己會是被留下的那個，他滿心驚詫，也想加入下方展開的戰鬥，但礙於沒人能保護理華和織女，也只能焦急地待在樹上。

爲什麼？爲什麼這次不讓他出手？還有剛剛的一切又是什麼意思？鍾叔呑了自己女兒的鬼魂……鍾澄澄對自己的繼父有著無窮的恨意……他們之間到底發生過什麼事？

「吾不須你的保護，神使大人，吾可以顧好自己。」理華的小臉凜然，他無預警地躍至樹下，左手揮舞、右手抹劃，一片水塑成的刀刃立刻將其中一隻瘴的手臂削落。

「神明大人，我、我也來幫你！」踞立路燈上的蔚可可馬上搭起長弓，碧綠色的光束眨眼間在她的指間和弓上形成，旋即飛射出去。

然而曾勢如破竹的碧色箭矢這次卻受到了阻礙。鋒利的箭頭雖然沒入瘴的皮膚底下，卻沒有再更進一步地貫穿，只造成了不大的傷害。

「小姑娘，射他們的眼睛！」織女高聲喊道：「這可不是什麼弱小的瘴，他們的本體可是吞了欲線和那個小丫頭的怨靈，快射最脆弱的眼睛！」

蔚可可不敢遲疑，於是碧綠光箭再次射出。

這次，確實鎖定了瘴毫無防護的紅眼。

被射中單邊眼睛的瘴發出痛苦的咆哮，一瞬間分成了數塊，化成死寂。

甩去雙劍上沾到的污血，適合近身戰的蔚商白守在理華身側，避免他們的神明大人受到任何傷害。

尤里瞥見蔚氏兄妹合作無間，心有佩服，但他馬上就發現戰鬥中分心是不可取的——一隻受傷的瘴抓住機會，張牙舞爪地朝他撲來。

「噫！」來不及閃躲的尤里只得一邊慘叫，一邊胡亂揮著他的大剪刀；可這隻瘴的動作竟出乎意料地靈活，連連避開了尤里的攻擊，那雙紅眼閃動著不懷好意的紅光。

就在他滿心以為自己能將眼前這名小胖子吞進體內的時候，他忽然發現自己的兩隻手不見了，它們沒有接連在肩膀上，反倒噴出大量鮮血！

他呆了呆，一時似乎無法理解發生了什麼事。他低下頭，看見地面躺著兩隻漆黑的手臂，接著，他看見自己體內突然刺出兩截赤紅銳物。

尤里先是愣愣地看著站在瘴身後的蘇染和蘇冉，隨即他蹦跳起來，張開手中的鐵色剪刀，眼睛一閉，豁出去地朝瘴的脖子剪下。

卡嚓一聲，一顆黑色頭顱掉了下來。

剛好撞見這一幕的一刻咋舌，覺得尤里果然比他想像中的還要凶殘。

可是很快地，一刻注意到身爲本尊的鍾叔露出了詭譎的笑。

他在笑？爲什麼？七隻分化出來的瘴明明就被他們打掛到剩最後一隻——那隻還即將被蔚商白切碎——爲什麼那傢伙還有辦法笑得出來？

一刻心裡閃過不祥，下一秒他發現預感成眞。

那些理應死在他們手下的瘴不但沒有消失，他們的殘肢斷體居然在隱隱地爬動。

一刻還沒來得及揚聲警告，似乎察覺到對方已然注意到，散落各處的所有黑色碎塊竟同時有了動作，奇快無比地朝同一個方向飛射過去。

那個方向赫然是——

「蘇染！」一刻厲聲大吼，他無暇思考，身體早已先行一步衝出。

但是黑暗卻忽然停住了，就像被什麼東西擋下。

尤里睜大眼，嘴巴張得開開的，瞪著圍在他們前方的水流。

那些透明的水如同一面堅固的盾牌，擋下所有來自外在的攻擊。

「此地是吾與理花大人的領域，豈可讓你隨意放肆！」理華手中握著一束細細的水流。倘若再仔細一看，便會發現水流末端連著蘇染他們面前的水屏障，乍看之下，就像一大片布料被展了開來。

「原來理華還有那麼大的力量？」夏墨河訝然地說。

「不，是假象。」織女說，「那小童雖是受到淨湖守護神獨立化出的，但淨湖守護神本就力量衰弱，能分給小童的力量斷然無法過多。這一擊，恐怕便已耗去不少……部下二號，你看他的雙腳。」

夏墨河聞言移動視線，當一望見理華的雙腳，他低低抽了口氣。

理華的雙腳已呈現半透明，腳掌部分更失去了固定的形狀——變得像水一樣。

鍾叔卻沒有留意到這點，他臉上的笑容僵住，紅眼湧動陰暗的光芒。

驀然間，空中的黑暗又全數退了回去，它重新分解、尋找自己的身體，竟是要拼組回去。

可是下一秒，鍾叔的表情扭曲了：那些身上的肢塊竟無法順利接合回去。

在所有被神使的武器製造出來的傷口切面上，竟微微地閃動光芒。

是冰！上面凍著一層冰，阻止了瘴的重生。

鍾叔當下反應過來是誰動的手腳，他憤怒地瞪向銀髮藍眼的小男孩，後者卻面無表情，絲毫不為所動。

「你這惹人厭的小鬼……」鍾叔的神情扭曲，紅眼內光芒越來越熾，「為什麼要妨礙我？你們都瞎了嗎？那分明就是鍾澄澄那個小賤貨變的！她就算被我吞了還是有辦法作怪啊！那雙眼睛，那雙一模一樣的眼睛就是最好的證據！我明明都已經挖去兩雙了，卻還是出現了……」

「那是什麼意思？」一道冰冷得毫無溫度的中性嗓音響起，「你說挖走兩雙？你到底是挖了誰的眼睛？」

「小、小荷……」蔚可可心驚膽跳地轉過頭，看見待在樹上的夏墨河眼神森寒，曾見過的溫和優雅完全消失不見。

一刻捏緊拳頭，緊緊咬著牙齒。

不要問，夏墨河你不要再問下去。

「我挖走誰的眼睛？」鍾叔仰起頭望向夏墨河，露出了古怪的笑容，「少爺，你在說什麼呢？那小賤貨不聽話又嘲笑我，我當然是挖走她的眼睛。但是她又變成其他人，她居然以為自己裝成夏家的小姐，就不會被我發現了……少爺，那位墨荷小姐她是假的，所以我當然也挖走了她的眼睛！」

鍾叔咧嘴高笑，笑聲歇斯底里，如同一把最尖銳的錐子，殘忍地刺進夏墨河的心臟。

夏墨河身體一片寒冷，頭腦空白。

那名被瘴寄附的男人在說什麼？他挖走誰的眼睛？鍾澄澄……和誰的……

「部下二號……墨河……」織女伸手拉住夏墨河的手指，對方的溫度冷得令她不安。

夏墨河溫柔的側臉如今空白一片。

少爺？墨荷小姐？蔚可可沒聽錯鍾叔的喊聲，她腦海不禁一片混亂。

那隻瘴爲什麼要喊小荷「少爺」？被挖掉眼睛的「墨荷小姐」又是誰？

如果眼前的小荷不是眞正的夏墨荷，那麼她……那麼他……

「夏墨河？」蔚商白的瞳孔收縮，剎那間釐清了事情的來龍去脈。

「所以，原來是你嗎？」彷彿聽不見其他人的聲音，夏墨河輕聲地開口，「五年前，殺死我的小荷，挖走她的眼睛、砍斷她的雙腳……做出這一切的，原來就是你嗎？」

夏墨河的聲音變得越來越冷，越來越狠。

「我饒不了你……鍾福平，我饒不了你——線之式之五，錐鞭！」

「夏墨河！」一刻心急出手，卻已阻攔不了夏墨河的行動。

馬尾少年的速度飛快，指間白線瞬間改變形態，線身抽長，末端化爲銳利錐狀，瞄準鍾叔的胸口迅速竄去。

所有的一切都再明白不過——他要置對方於死地！

白線以誰也來不及阻止的速度，剎那間貫穿了那具漆黑的身體。

夏墨河落足在地面上，眼裡是無限的恨意，卻沒有任何復仇得逞的快意——因爲他的攻擊根本就沒有成功。

夏墨河咬著牙，看著鍾叔身體上的洞口。他的白線穿出那個洞，完全沒傷到對方分毫。

「墨河少爺，你不感激我，爲什麼還攻擊我？」鍾叔先是困惑，接著恍然大悟地咧出獰笑，「我明白了，你也是被鍾澄澄那個小賤貨給騙了……你們所有小鬼都被她騙了！把我當十惡不赦的人！還有那個銀髮小鬼，居然敢一直阻礙我？你是這地方的神對吧？不過別以爲我看不出來，眞正的守護神不是你。」

鍾叔忽然伸手往體內抓住一團被黑暗包裹住、幾乎大半形體都和黑暗融合在一起的東西。

那是鍾澄澄，她的模樣淒慘，殘破不堪。

鍾叔將小女孩的怨靈高高提起，舉至湖上。

「當年被死人之血污染的可憐守護神，再被徹底地污染一次後，會變成什麼樣子呢？」鍾叔的表情瘋狂而猙獰。

織女和理華的表情瞬時大變，他們齊聲高喊，「阻止那隻瘴！」

即使不明所以，除了夏墨河，眾人紛紛衝上前去。

但是，來不及了。鍾澄澄的怨靈連同鍾叔的一隻手臂，齊齊墜落至湖裡。

當兩者一沉進淨湖中，下一瞬間，碧綠的湖面立刻覆蓋上一層漆黑，綠水當場變成了駭人的黑水。

不待所有人有所反應，淨湖中心猛然掀起巨大的波濤，水花疾竄而起，匯聚成碩大的水柱，然後整個炸裂開來，大量的水淹向湖岸。

「線之式之八，蛛網！」危急中，夏墨河快速地讓白線編織成網，讓眾人在空中都能獲得落腳處。

一在白線上站定，所有人即刻望向淨湖中心。

變成不祥漆黑的淨湖上，一名銀髮女子蜷縮著身子，狀似痛苦地抱頭蹲立。

「理花大人！」理華蒼白著臉尖叫。

「理花大人！」蔚商白和蔚可可一見到自己的神受苦，哪能再冷靜下來，他們雙雙想奔上前，卻被一聲用盡力氣發出的厲喊給阻止。

「不要……過來！」理花艱難地抬起臉，一隻剔透的藍眼珠竟已染上不祥的猩紅，「吾的神使……阻止吾……」

這是理花吐出的最後一句話，下一瞬間，她的形體崩解，身周迸散出刺眼的白光。

等到光芒終於散逸，除了理華，所有待在蛛網上的人都呆愣住了。如今在他們眼前的，已不是銀髮藍眼的美麗女子，而是一隻體型巨大得難以想像的銀色大蛇。

大蛇的蛇身還有一半沉浸在湖裡，光是露出來的那一半便有數層樓高。碩大的蛇頭低垂，兩隻眼睛緊閉，鑲附在身軀上的銀白鱗片彷彿每一片都在發出微光。

鍾叔大笑，他的身形化成黑暗，飛也似地鑽進銀色大蛇的體內。

大蛇的身軀震動了一下，但沒睜開雙眼。

黑夜、漆黑的湖水，還有大得難以想像的銀色巨蛇，驚人的景象令七位神使都說不出話。

「妾身想，那恐怕就是淨湖守護神的眞身。」童稚的嗓音落下，織女也飛降至白線編織的大網上，「小童，當年被死人之血污染是指何事？淨湖守護神的衰弱眞正原因在於此嗎？」

「織女大人，我想我知道是怎麼回事。」夏墨河輕輕地說，語氣有種奇異的飄渺，「八年前的鍾澄澄雖然不是在此地被發現屍體，但報紙曾報導，她的雙眼和雙腿遍尋不著，我猜很可能是被扔進湖裡了；而五年前，小荷則是在這被發現，她的全身都浸泡在淨湖中。所以，所謂的死人之血……」

蔚可可摀住了嘴，圓眸內滿是不敢置信。她已經知道眼前她以爲的「少女」其實是男的，可她怎樣也沒想到，五年前發生在淨湖的分屍案，被害者居然是夏墨河的妹妹，也就是眞正的夏墨荷！

倏然間，蔚可可臉上的血色盡褪，強烈的懊悔衝上她的喉頭。她想起自己曾多次當著夏墨河的面，說著那些不敬又無禮的話語。

當時的夏墨河，究竟抱持著什麼樣的心情？

「死人之血並非是五年前的事件造成的，而是單指八年前。」理華嚴肅地否認了夏墨河的猜測，「那名叫鍾澄澄的人類孩童是抱著莫大的怨恨而死。她的雙腿確實被扔進淨湖裡，怨念讓她的血、肉、骨頭充滿毒素，理花大人的力量就是從那時逐漸衰退。無論是八年前或五年前的事……理花大人都想要阻止，然而，被帶至此地的鍾澄澄和夏墨荷皆早已失去生命。」

理華咬住下唇，忽然對夏墨河低下頭，「即使如此，理花大人仍一直一直……感到很抱歉。」

「不。」夏墨河搖搖頭，目光越過了理華，「與理花大人或你都沒有關係，真正要付出代價的……是鍾福平！」

夏墨河的嗓音猛地變得冷厲而危險，如同一種宣告。

彷彿下意識感覺到了什麼，一刻倏地扭過頭，跟著看向了淨湖中央。

半身沉浸在湖中的銀色大蛇同時睜開了雙眼，一雙猩紅不祥的赤色之眼！

第十五針

戰鬥在一瞬間展開。

沒有任何示意，沒有任何預警，受到污染又被瘴寄附的銀色大蛇張嘴吐出猩紅的蛇信，一股無形的聲波隨之猛烈地衝撞眾人。

若不是聽力異於常人的蘇冉最先察覺危險，或許所有人都要遭受衝擊，墜至蛛網下方。

眼見攻擊目標竟搶先一步分散開來，淨湖裡忽然湧濺出巨大水花，一抹粗大銀影竟鎖定其中一個方向橫掃過去。

「蘇染！」一刻的身形同時衝出，他哪可能眼睜睜地看著危險發生在好友身上。使用神力的他，速度大大提升，總算在千鈞一髮之際擋在蘇染身前。

白色長針迅速格擋，迎上那抹銀影的揮掃，那原來是大蛇的尾巴。

只是一刻雖及時出手，卻忘了估算自己與對方力量的差距，白針擋不住巨力，一刻被那條粗大堅硬的尾巴掃飛，身體重重撞上樹幹，狼狽不堪地滑墜至地面。

「一刻！」蘇染變了臉色，藍眼焦急如焚。她想要跑至一刻身邊，但她卻也知道不能錯放對方藉此製造出的進攻機會；抓準大蛇尾巴還未全數收回的剎那，蘇染身形如箭，藍眼宛若冰焰翻騰，提刀與慢一步趕來的蘇冉聯手，攻擊那截粗大且布滿鱗片的蛇尾。

兩把赤紅長刀如赤色閃電，雙雙揮砍至蛇尾上。

然而銀鱗卻超乎想像的堅硬，長刀居然只傷及表層，難以再深入分毫。

「這種輕到不行的力道，是要給我抓癢嗎？」惡毒尖銳的大笑聲傳來，銀色大蛇的身上冒出一團黑暗泥濘，那裡露出張男人的臉孔。鍾叔猙獰著表情，紅眼散發惡意的紅光。

「是嗎？那吃我這招！」纖細嬌小的人影突地自旁閃出，蔚可可手搭長弓，碧綠光箭瞄準一處，瞬間疾射而出。

光箭的速度又急又快，中途分裂成數十支，全部呼嘯著往鍾叔以及那團黑暗鑽射過去。

但對方卻露出狡詐的笑容，銀色大蛇身軀飛快扭轉，所有光箭頓時撞上了和預期目標完全不同的銀色鐵壁。

「理花大人！」蔚可可刷白了臉，她一點也不想傷害理花，見到自己射出的箭全插在大蛇身上，她雙眼泛紅，急得差點哭出來。

但緊接著大蛇震晃著身軀，光箭紛紛墜落，顯然這波攻擊對牠沒造成眞正的傷害。

蔚可可鬆了口氣，但表情很快又僵住……她的武器發揮不了作用……

「這樣到底要怎麼阻止理花大人！」蔚可可簡直想抱頭哀叫。

「可可，不准分心！」蔚商白動作疾速地飛掠至妹妹身前。

蹲下身抱頭哀叫的蔚可可抬頭，看見自己兄長的背影，還有……

蔚可可瞪大圓眸，「哥！」

以爲要沉回淨湖的蛇尾竟來了一記令人措手不及的回馬槍，正朝蔚氏兄妹撞去。

蔚商白繃緊表情，雙劍呈交叉狀，顯然打算正面接下撞來的蛇尾。

蔚商白清楚自己定是接不住這記攻擊的，但可可是他的妹妹，就算有時候又吵又煩人，他也絕不可能讓她受到丁點傷害！

沉重的衝擊伴隨著劇痛撞上了蔚商白的身體，他不意外自己會往後摔飛，卻沒想到才滑退幾步，背後就有什麼支撐住了他。

蔚可可睜大眼，眼裡映出了一面潔白線網，看似柔軟，卻出乎意料地堅韌。

「小荷……不對，墨河！」蔚可可連忙抬頭，發現挾著織女和理華在身邊的秀麗少年手扯白線。

「尤里，動作快！」夏墨河沒有回應蔚可可的呼喚，反而高喊出尤里的名字。

「來了！來了！」尤里氣喘吁吁的大叫聲從另一處傳來。

發現到那抹圓胖的身影後，蔚可可的眸子瞪得更圓更大。距離那麼遠？等到他跑過來……

「我哥說不定都讓蛇尾巴壓扁了啦！」

「老子也有同感！」一刻忍著痛，迅速地自地面躍起。他的速度本來就是織女三名部下中最快的，沒等到尤里反應過來，他已出現在尤里身後；而尤里只來得及瞥見一刻接近自己，還沒猜出對方意圖，就感覺到自己的屁股被人重重一踢。

不會吧？不會吧？尤里的腦袋剛閃過這些字，整個人已經被迫像顆射出的砲彈飛起。

「哇啊啊啊啊啊！」可憐的小胖子慘叫出聲，圓胖的身體在空中劃出一道完美弧線，瞬間直墜蛇尾之旁。

慘叫歸慘叫，尤里也沒忘記自己的職責。在蔚商白錯愕、蔚可可目瞪口呆的目光下，他張開手中的鐵色大剪刀，卡嚓一聲剪了下去。

「什……」蔚可可張口結舌，隨即大怒，「根本就沒剪到啊！」

尤里的剪刀居然不是對著蛇尾，而是剪到了大把的空氣。

「哈哈哈哈哈哈！」目睹此景的鍾叔放聲大笑，「嚇到連目標在哪兒也弄不清楚了嗎？別逗我笑了！」

「那你就看接下來還笑不笑得出來吧？」清冷的少女嗓音如刀劃開夜色。

不待其他人猜測出他們的目的，蘇氏姊弟已雙雙再次提刀揮斬。兩抹紅影就像迅雷，剎那間劃開了銀色鱗片，刀刃如入無人之境般一斬到底！

鍾叔得意的表情凝住了，而蔚商白和蔚可可像是無法相信眼前所見。明明上一刻還像是刀槍不入的蛇鱗，爲何現在卻被輕易地破開防禦？到底發生了什麼變化？

蔚商白腦子動得快，立即想到尤里那不合常理的攻擊。難道說，是那把剪刀……

被斬去末端的蛇尾在下一秒猛地縮回，一路直退湖裡。

「愚蠢！愚蠢！那只是不重要的小傷！」鍾叔尖聲大喊，身上的黑暗就像煙般擴展出去，一圈圈地圍住銀色大蛇。

「愚蠢的是你這名自願被瘴寄附的人類！妾身的部下們讓你嘗到苦頭了吧？放心好了，接下來有更多苦頭等著你！」織女挺起胸膛，小手氣勢萬千地往空中一揮舞，「識相的話，現在就立刻給妾身離開淨湖守護神的身上！」

「咯咯咯咯！妳以為我會乖乖說好嗎？我要宰掉他們！將這地方的所有人通通宰掉！讓他們成為我的養分！」

大蛇眼內的閃滅戛然停止，只剩純粹的猩紅。

下一剎那間，銀色大蛇脫出淨湖，路燈被攔腰打凹，環湖步道的欄杆被壓毀，附近林木東倒西歪，震耳的聲音不斷響起。

「先抓住那個藍眼睛的，抓住鍾澄澄那小賤貨變成的女孩！」鍾叔咆哮命令大蛇，「我要親自挖出她的眼睛，讓她永遠也沒辦法用那種看不起人的眼神看我！」

「部下二號，封住牠的行動！」織女大喊。

「線之式之一，封纏！」隨著夏墨河的命令，大量白線飛也似地纏捲上大蛇的身體。

但那具銀色身軀實在太過龐大，力量也大得超乎想像。纏上的白線不到一會兒，就反被大蛇掙斷大半，如果不是夏墨河及時抽手，恐怕他連人帶線就要被甩扯出去。

無視出手攻擊自己的夏墨河，受到操控的大蛇張開布著獠牙的大嘴，迅速且猛烈地朝著一刻、蘇染、蘇冉的方向俯竄下去。

碩大的蛇頭撞上了地面，帶起震動，激起塵沙。

織女的心幾乎要停了。

直到塵煙散去，終於有辦法看清他們的情況。

一刻和蘇染落在一旁，顯然在蛇頭撞下之前，已及時退避開來。

至於蘇冉——當大蛇抬起腦袋後，便已從空隙看見他閃避至與一刻他們相反的方向。

織女剛鬆口氣，那張精緻的小臉在下一秒卻又刷上驚恐。

「一刻、小染！小心！」

「操！不會吧？」看清眼前的情況，一刻反射性爆出了粗話。

銀色大蛇的紅眼再次鎖定他們，嚇人的大口前凝聚出一團龐大的水球。

很明顯，那是要用來攻擊他們的。

「蘇染快退！」沒有餘力多想，一刻抓住蘇染的手，立刻想退至安全範圍。

但是這一次，卻沒這麼順利：黑水集成蛇形，堵住了兩人的退路。

「一刻、小染！」「一刻、蘇染！」「一刻同學！」「一刻大哥！」

在飽含驚懼的大叫聲中，一抹矮小的人影衝了出去。

理華的身形崩解成水，穿過黑水的包圍，剎那間在一刻與蘇染上方再次重塑人形——

卻不是幼童模樣。

銀髮男子張開雙臂，周身迸現光華，銀白色光芒瞬間擴至最大，像是一面屏障，硬生生接擋下銀色大蛇重重的一擊。

水球被銀白光芒消弭無形，但浮現於半空的修長身影卻猛地墜了下來，又變回幼童模樣。

「理華！」一刻迅速接抱住那具輕得不可思議的身體，同時駭然地發現銀髮小男孩的四肢已沒了固定形狀……

「理花大人……拜託你們……」理華的小臉蒼白，也開始轉爲透明。

一刻的心中湧上不安，他直覺對方要消失了，而自己什麼也無法做。

不對，他還有一件事可做！

「蘇冉、尤里、夏墨河，拜託你們了！」一刻咬牙大喝，他放下懷中奄奄一息的理華，和身旁蘇染對視一眼，隨即兩人動作飛快地竄躍出黑水的包圍。

「你們還以爲你們能做什麼嗎？太愚蠢了！」鍾叔怒吼。

銀色大蛇再度張嘴，凶猛地朝兩人的方向咬去。

「線之式之二，定影！」夏墨河豈會讓對方得逞，果斷地捨去封纏不用，他讓自己的白線全數射進大蛇身下的影子。

大蛇突地凝滯不動，蜒長的身子就像遭到凝固，但不到一會兒，牠的身子竟又開始出現掙扎跡象，那些沒入黑影的白線一條條地正在鬆動。

夏墨河的神情閃過一絲焦急。假使這時候再讓大蛇掙脫，那麼接下來的一切就白費了！

緊急時刻，夏墨河的眼角猛地掠過兩道綠芒，還沒等他理解是怎麼回事，耳邊就聽見大蛇發出痛苦的嘶嘶聲。

夏墨河睜大眼，出手的人原來是蔚商白。

高個子少年將自己的雙劍快狠準地釘在大蛇的尾端上，劍刃筆直穿透，直沒地面。

訝異只是一瞬間，夏墨河立即扭頭喊出蘇冉的名字，「蘇冉同學！」

早在一刻呼喊的時候，蘇冉就已經了解他的計畫，因此當夏墨河喊出自己的名字，他沒有任何疑惑，果斷出手。

這名藍眼少年一把抓過尤里，腳下使勁，如同飛鳥竄至空中。

「阿冉，拜託輕一點啊！」尤里眼眶含淚，但下一秒他的嘴裡便發出連連慘叫。

因爲蘇冉毫不留情地將他丟了出去。

尤里一邊慘叫，一邊張開剪刀，鐵色的刀柄張至最大，順著下墜的身勢，從大蛇頭頂前的空氣一路下切。

驀然，又一隻手抓住尤里的領子，阻止他眞的跌落至地面的命運。

蘇染一手扯住尤里，握刀的另一手則是飛快翻轉，讓赤紅長刀呈現水平姿態，隨即一股下壓力量踩上長刀。

藉由蘇染的武器當中繼點，一刻再次拔高身形。他手提白針，眼神狠厲，瞬間已躍至大蛇頭頂。

「什……你這小鬼想做什麼？住手！快住手！」鍾叔臉上第一次出現驚恐。

「我家那小ㄚ頭上司不是說了嗎？你就乖乖地吃更多苦頭吧，你這個人渣！」白髮少年厲聲大吼，雙手握住白針，瞬間用盡全力刺擊下去——

大蛇的一切掙動都停住了，前所未有的劇痛令這隻瘴慘號嘶吼，摔至地面，這時他的雙眼剛好映入另一名小女孩的身影。

那是神，那也是神！

「把身體交給我！」鍾叔用上最後一絲力氣撲躍起來，企圖抓住身旁正無他人的織女。但他怎樣也沒想到，在他眞要抓住織女的前一秒，一抹人影比他快一步地從旁飛掠而出，瞬間帶走了織女。

鍾叔撲跌在地，再也沒了力氣。他虛弱地扭過頭，怨恨地瞥向壞了他好事的人影。

「喂喂，這是在開什麼玩笑？」清脆悅耳的嗓音落了下來。

鍾叔愕然睜大眼，不明白這白瓷般的臉蛋上鑲著兩隻烏黑眼睛、髮絲綁成多條細辮子的荳蔻年紀少女是何時出現的。

少女抱住了織女，而她背後，竟擁有一對人類絕不可能會有的翅膀。

一刻等人也不禁呆住了，他們怎樣也沒想到，緊要關頭出現的人，赫然是——

「像你這種下賤的東西，也敢碰織女大人？」喜鵲睜圓了眼，就像是不敢置信地咋咋舌。

鍾叔依舊愕然地睜著眼，此時蔚可可射來的一箭，讓那雙猩紅的眼永遠失去了光芒，他漆黑的身體正逐漸回復原狀。

沒一會兒工夫，躺在地上再也不是瘴，只是一名普通的中年男人。

「喜鵲？靠！爲什麼妳會出現在這兒？」既然瘴已消滅，一刻也不再多理會，他震驚不已地用手指著面前的細辮子少女。

「什麼叫爲什麼我會出現在這裡？啊啊？你這白毛的意思是我不能出現在這裡嗎？」喜鵲的體型倏然縮小成以往巴掌大的姿態。她拍拍翅膀，飛到織女的頭頂上，「織女大人妳看，那個笨蛋白毛果然不安好心眼。若我沒出現，不就害妳受傷了嗎？我可是費盡千辛萬苦才終於找到你們！」

「放屁！妳說誰不安好心眼？」一刻頓時大怒，「還有不准叫我白毛！」

「白毛、白毛、白毛！噗噗！我就是愛叫，你管得著我嗎？」喜鵲不客氣地吐舌扮鬼臉，「你這笨蛋白……哇！」

「喜鵲，爲什麼這般晚回來？妳知道妾身等了多久嗎？」織女抓下頭頂上的翅膀小人，眼裡淨是難以忍耐的心急，「夫君……妳有帶回夫君的……」

「理花大人！」

一旁突然響起的驚叫聲打斷了織女的追問。

織女抓著喜鵲，反射性地轉過頭，正好瞧見那已恢復銀鱗藍眼的大蛇迅速縮小，隨後空中出現一團銀色柔光將之包圍住。等到銀光緩緩落地，銀蛇已不見蹤影，取而代之的是一名銀髮藍眼的美麗女子。

理花雙足一沾地，頓時身形有些不穩。

「理花大人！」「理花大人！」

蔚商白和蔚可可立刻衝上前，一左一右地幫忙攙扶。

「什麼啊？原來只是弱小的無名神……」喜鵲掩著嘴，細聲地說，誰也沒注意到。

「吾沒事……」理花臉色蒼白，聲音微弱，但她反搭住蔚可可的手，讓自己挺直背脊，「吾只是……因爲污染的關係，才會力不從心。你們的攻擊……神使們的攻擊並未眞正傷害到吾。可可、商白，你們做得很好。」

理花停頓了一下，剔透的藍眼望向某個方向，她輕柔地再開口，「還有理華。」

理花舉起雙手，隨著她的動作，那名已失去大半形狀的銀髮小男孩在刹那間化作一灘水，飛回至她的雙手間。

「小鬼他……不，理華他……」一刻澀聲開口，卻不知道自己想問什麼。

「他已經用盡吾當時分予他的力量。」理花像是在懷抱著自己重要的孩子，慢慢地將那灘水收攏起來。

水改變了形狀，最後凝成一條小小的水之蛇。

「但是，他很高興自己能幫上你的忙，你對這孩子相當溫柔。」

一刻緊緊抿著唇，不發一語。他一點也不覺得自己做了什麼值得理華感謝的事。

「所以，你願意讓他再繼續待在你身邊嗎？」理花問。

一刻訝然，看向眼前的守護神。

「理華雖失去力量，但仍有少許意識，只不過已無法開口，無法再成人形。即使如此，他似乎還是希望能留在你身邊。」理花輕輕地以指拂過小小的水蛇。

彷彿就像回應她的話，那像是頭部的部位昂了起來。

「一刻，你自己決定即可，妾身不會干涉部下這等事。」織女說。

一刻還是沉默，可他點了點頭，接著伸出手。

昂起頭部的小小水蛇一眨眼便纏上他的手指，再滑上他的手腕，然後在他的手臂纏繞一圈接著隱沒不見。

理花微微一笑，「吾想有一天，他定能幫上你的忙。」

「理花大人……」蔚可可忽然緊張地開口，她絞著手指，眉眼滿是惶惶不安。待理花溫柔的藍眸望過來，她咬住嘴唇，下一秒猛地彎腰道歉，「眞的很對不起，理花大人！」

「我和可可不敢奢求妳的原諒。」蔚商白也低下頭，這名心高氣傲的少年懊悔地擠出聲音，「但這一切確實都是我們的錯。」

被矇騙、利用，還自以爲自己是正確的……蔚商白緊捏著拳頭，指甲幾乎刺入肉裡。

——多麼愚蠢的自己。

「不。」理花輕搖了下頭，她瞇眼望著如今已回復碧綠的淨湖。即使湖水澄澈，但留在裡面的污染卻不會因此消逝，「你們是被吾的僞物給欺騙，你們深信不疑也是理所當然。如果吾的力量能再強大一些，就能阻止你們做出那些事。」

「理花大人……」

「無名神，妳不告訴妳的神使嗎？」喜鵲鑽出織女的掌心，飛回她的頭頂。她托住下巴，狀似無聊地說道：「妳的身體仍被污染著吧？怨靈的怨念很毒，連我都看得出來，這樣放著不管，妳的身體會爛光……」

「住嘴，喜鵲。」織女沉聲說道，稚嫩的嗓音有種不怒而威的氣勢。

「我說的是眞的嘛……」喜鵲小小聲地嘟囔，隨即閉起嘴，不滿地鼓起臉頰。

「淨湖守護神，妾身可以幫妳清除妳湖內的毒素，不過有條件。」織女抬起潔白的下巴，黑眸凜凜，「妳的神使必須告訴妾身，關於那個冒充妳的偽物的事。」

「只要這樣就好了嗎？」蔚可可又驚又喜地睜大眼，「沒問題，當然沒問題！我和我哥都會說的！」

一刻沒有仔細聆聽蔚可可接下來說了什麼，他環視周遭一圈，視線逐一掃過蘇染、蘇冉、尤里……沒有，沒有，沒有夏墨河的蹤影！

一刻心中大驚，立刻扭頭尋找，隨即發現那名綁著馬尾的少年正不聲不響朝著某處走去。

昏迷不醒的鍾叔正躺在那裡。

那傢伙想做什麼？夏墨河那傢伙想做什麼！

強烈的不安襲上一刻，他的腦海內猛地閃過織女曾說過的話。

「一刻，替妾身多注意墨河。」

一刻看見夏墨河手腕上的神紋閃現出了光芒，瞬間指間出現白線，他知道對方該死的要做什麼了！

「夏墨河你住手！」

「線之式之四，絕槍——」

所有人都被那聲冰冷至極的中性聲音給拉過注意力。他們下意識地轉過頭，震驚和不敢置信的神情浮現在一張張臉龐上。

「部下二號，不行！」織女尖叫。

但是夏墨河彷彿聽不見任何聲音，柔軟的白線在他手中化成最堅硬的存在，線身拔成筆直，末端圍繞成三角錐的形狀。

相貌秀麗的少年此刻眼凍冰霜，冰霜底下則是無窮無盡的滔天恨意。他手抓著白線化成的長槍，毫無丁點手軟，狠絕又迅速地朝著中年男人的胸口刺下。

殺了他、殺了他、殺了他——

「老子叫你住手，你他媽的是沒聽到嗎！」

暴怒的一聲大吼砸落在夏墨河耳邊，同時一隻手猝不及防地抓住白線尖端，力道大得白線再也無法推進一步。

「宮一刻，放開手！」夏墨河所有的溫和全被剝得一點不剩，他神情陰狠冷厲，「你是想讓你的手廢掉嗎？」

「該放手的是你！」一刻無視自己抓住白線尖端的手淌下了鮮血，更加險惡地瞪了回去，「夏墨河，你這是想做什麼？這傢伙已經不是瘴了。」

「但他依然是個殺人凶手。」夏墨河輕聲又怨毒地說。他的妹妹，他的小荷，他們一家的幸福……

「憑什麼一切全被他毀了，他卻還能活在世上！他必須死，鍾福平必須用他的生命來償還一切！宮一刻你什麼都不了解，不准妨礙我！」夏墨河扭曲了秀麗的臉，雙眼因爲恨意而赤紅，胸前細長的黑影疾速暴長。

是欲線!?一刻大駭，他不知道自己爲什麼忽然能看見那黑影，神使與神使之間是看不見彼此的欲線才對……

拋開疑問，一刻知道更重要的一件事——

絕不能讓那像是欲線的黑影碰到地！

沒有絲毫猶豫，趁著手中抓住的白線還沒變化成另一種型態，白髮少年迅速箝住夏墨河的另一隻手，然後一個頭鎚重重撞了下去。

「廢話！老子又不是你，怎麼可能會了解！」

夏墨河前額很痛，那陣痛像要撕裂整顆頭，如果不是擁有神力，也許他早就暈了過去。

他怔怔地看著抓住他雙手、對他大吼說確實不了解他的白髮少年，宮一刻。

一刻發現自己又看不見那截黑影了，但那種令他毛骨悚然的感覺不見了，所以他猜想欲線應該是停住了。

「是，我不了解。」一刻急促地喘氣，雙眼緊緊地盯住夏墨河，「你的心情、你的感受。得了，老子又不是你肚子裡的蛔蟲，怎麼可能知道那是怎麼一回事？但你自己很清楚對吧？夏墨河，你知道神使殺害一般人會怎樣，對不對？你知道你會死。」

「我知道。」夏墨河冰冷的聲音又逐漸沾上焰火，「但是那又如何？只要能替小荷報仇，就算把這條命賠進去我也——」

「然後再讓你媽和你爸嘗一次那種痛苦？」一刻的眼裡透出異常的冷酷。

夏墨河驀然僵住身體。他睜大眼，瞳孔緊縮，臉上的表情像被人無預警地狠摑了一掌。

夏墨河恐懼地發現到，他居然不曾想到這件事。

失去小荷，一夕間像老了十幾歲的父親，陷入自己世界的母親……而現在，他真的要在那道尚未癒合的傷口上撒鹽，讓他們被徹底擊垮嗎？

「啊……」夏墨河的身體垮了下來，他摀著臉，發出呻吟，白線化成光束回到他手腕上的神紋裡。

一刻也一屁股坐回地上，他現在才感覺到掌心熱辣辣的疼。他看著自從認識以來，初次展現出脆弱的同伴。

他閉了閉眼，又說：「夏墨河，或許我不了解那是怎麼一回事。但是被留下的心情，我想我多少也知道一些。」

夏墨河愕然地抬起頭，然後，他想起自己面前的這名少年——父母已然雙亡。雙雙陷入沉默的兩名少年並沒有注意到，躺在地上的中年男子倏地眼皮顫動，接著睜開了眼睛。

當一刻警覺到鍾叔清醒過來時，對方已經連滾帶爬地跳起，猛地將他一推，神色倉皇地拔腿就跑。

來不及防備加上早已沒什麼力氣的一刻狼狽倒下，他咒罵一聲，立刻咬牙撐起，同時卻見到夏墨河站起，手指間赫然纏著白線。

鍾叔越跑越遠，他衝進山林裡，而白線始終沒有使出攻擊。

夏墨河握緊的五指又慢慢鬆開，他就像要斬斷什麼般，重重地閉上眼又再度睜開。

「一刻同學，你還好嗎？」夏墨河不再多看鍾叔離去的方向一眼，他蹲了下來，將注意力放回一刻身上，眼內染著擔憂。

「一刻！墨河！」織女急匆匆地奔了過來。

不僅僅是她，其餘人也全圍了上來。

而眼見織女越跑越近，卻絲毫沒有要減速的意思，一刻心中敲響警鐘。

「幹幹幹！織女拜託妳不要——」

「織女大人，妳這樣會加重一刻同學的傷勢的。」夏墨河拎住織女的衣領，微微一笑說。

被中途攔截的織女沒有氣惱地抗議，反倒是一瞬也不瞬地凝視著夏墨河，隨後她雙臂一張，毫無預警地攬抱住自己的部下二號。

「太好了，你沒事。」織女喃喃地說：「妾身也很擔心你哪，墨河。」

一刻受不了地扔給旁邊的尤里一記白眼，「夠了，你又在哭什麼哭啊？手帕拿去。」

「因爲……因爲還好一刻大哥你跟墨河都沒事……」尤里吸吸鼻子，正想接過一刻遞來的手帕擦擦眼，卻見到他的另一手還流著血，「一刻大哥！你的手流、流血了啊！」

廢話，他也知道流血。一刻翻了白眼，忍住想塞住耳朵的衝動。

這時，兩旁各遞了一條手帕過來。

一刻抬眼，發現是蘇染和蘇冉，沒多說什麼，他乾脆地讓兩名好友替自己簡單地包紮——這時候若敢有意見，就等著他們跑去跟宮莉奈告狀了。

「那個……那個大叔逃走了耶……」蔚可可遲疑地對著一刻說，她現在還是不敢對上夏墨河的視線，她不知道該怎麼面對對方。同時她也終於發現到，眞正的夏墨河，和她心目中抱持的幻想很不一樣。

聞言，眾人的視線皆落至鍾叔消失的方向。

趴在織女頭上的喜鵲發現夏墨河的眼裡戾光閃了閃，但隨即回復沉寂。

「呿，眞無聊。」喜鵲失望地噘著嘴，不過很快地，她精神倏然一振，雙眼一亮，興奮地跟著眾人看向相同的方向。

車子的引擎聲響起，在夜裡格外清晰。

緊接著，林木間衝出一輛深藍色的車。

鍾叔坐在駕駛座上，神情得意又猙獰，他踩下油門，快速離去，衝上通往上方的道路。

誰也沒有試圖再追上去或者做出任何阻止，因爲所有人都清楚地看見，那輛車子的後座上轉過了一張臉。

隔著玻璃，鍾澄澄凹陷著兩個窟窿的蒼白小臉上露出了歪斜的微笑……

深藍色的車輛沒一會兒便消失在黑夜當中。

急於逃逸的中年男子恐怕永遠都不知道自己的車上載了什麼。

「看樣子，這個是派不上用場了。」半晌後，蘇染淡淡開口，她手裡握著手機，「我錄了音，本來要匿名送去警察局，現在可省了工夫。」

尾聲

當門鈴突然大響，白髮少年一邊講著手機，一邊匆匆忙忙跑去開門。

門外是明亮的陽光，還有穿著黑上衣、紅格紋裙，臉上帶著親切笑意的夏墨河。

一刻一愣，似乎完全沒想到會是這位客人上門，但很快地回過神來，又和手機另一端說了幾句話後，中斷通訊，滿臉詫異地望著今日又穿著女生制服的秀麗少年。

「早安，一刻同學。」夏墨河露齒一笑，將手上提著的紙袋遞給對方，「這是我姑姑特地團購回來的人氣蛋糕，希望你能接受，同時也是日前之事的賠罪。」

一刻自然知道他說的是什麼。

距離發生在淨湖的事件至今只過了兩天，但一回想起，仍有種恍如隔世的感覺。

「進來吧。」一刻接過紙袋，朝夏墨河示意，「你吃過早餐了嗎？還沒的話就一塊吃，反正有個傢伙又爲莉奈姊送來貢品了。」

夏墨河失笑，他跟著一刻進入屋子，瞥見客廳的桌上擺著今日的報紙。

地區新聞版，頭條是一名男子在旅館裡離奇自殺，不但自己砍斷了雙腿，還挖出雙眼。

夏墨河沒有再多看，他收回視線，邁步走進廚房。

廚房餐桌上確實擺著豐盛的早餐，桌前坐著一名細眉大眼的可愛小女孩。

「織女大人，早。」夏墨河溫和地打著招呼，卻沒想到織女只是沉默地點點頭，一點精神也沒有。

見狀，夏墨河訝然，他朝一刻投予詢問的眼神。

一刻皺緊眉，將他拉到門邊，低聲說，「那丫頭沒收到信。」

「咦？」夏墨河愣了愣，瞬間領悟過來。

——織女沒收到牛郎的信。

「喜鵲說她在天界等不到牛郎，不知他去哪兒了。最後沒辦法，只好把信留著先回來。」

「居然……」

「加上那個冒充理花的傢伙也搞不清楚是誰，弄得她心情更糟。」

關於有人冒充理花，矇騙蔚商白和蔚可可一事，到最後並沒有理出任何眞相。

根據蔚氏兄妹所言，他們是在相當平常的情況下，遇上冒充理花之人。對方完美地變身，絲毫找不出破綻。

於是線索就又這麼斷了。

「部下二號、部下三號，你們杵在那裡做什麼？」織女用小湯匙敲敲茶杯，先前的無精打采像是一場幻覺，「妾身想喝蜂蜜牛奶，溫的蜂蜜牛奶。」

「白毛，我要喝現搾的葡萄柚汁，太酸太甜都不行。」織女的髮間冒出小巧的人影，喜鵲張著翅膀，飛到一刻面前，頤指氣使地命令道。

「只有蜂蜜牛奶。」一刻面無表情地將面前的翅膀小人彈飛出去，「要喝葡萄柚汁，自己去摘一顆葡萄柚回來。」

喜鵲跌坐在流理台上，眼冒金星。她甩甩頭，憤怒地抓過一條抹布扔向頭頂白毛的少年。

一刻眼明手快地抓下，惡狠狠地瞪了喜鵲一眼。

「對了，織女大人。」夏墨河就像要轉移眾人注意力，不讓一場迷你戰爭在廚房裡爆發。他拉開椅子坐下，開啓新話題，「我們那時候好像忘記問蔚同學他們了，問他們當初爲何要製造出那麼多隻瘴來攻擊我們？不，製造我能理解，但攻擊我們……」

「對喔，你不說妾身還眞完全沒想到。」織女恍然大悟地擊了下掌。

現在想想，那七隻瘴的攻擊的確不合常理，一點意義也沒有。

「想知道的話，直接問不就好了？」一刻將溫好的牛奶擺至桌上，他揚高眉毛，「問蔚商白可以吧？蔚可可那女的吵死了。」

「一刻同學，你有他們的電話？」這下吃驚的人換成夏墨河，他沒想到看似無法兜攏在一起的人，居然有了聯繫。

「你不是也有蔚可可的？」一刻感到莫名地瞥了他一眼。

「不過，蔚同學其實沒打給我過。我猜，我那時的樣子可能嚇到她了。」夏墨河苦笑，很清楚自己當時在淨湖的失控狀態有多麼嚇人。

「反正你也沒考慮要和她交往。」一刻輕描淡寫地帶過這話題。他撥打電話，趁著撥接鈴聲響起的時候，又說：「蔚可可只會傳一些無聊的照片和冷笑話過來，我簡訊收到煩了，打過去罵人，沒想到是她哥接起。聊了一下，才發現彼此有共通話題，蔚可可也會在家亂製造垃圾……蔚商白有點囉嗦又龜毛，不過人還不壞……喂？是我，宮一刻。」

一刻暫時停下和夏墨河的閒聊，轉將注意力放在手機的另一端。

「我有事問你，你還記得我們兩方第一次碰面的時候，你們不是斬了一堆瘴……對，要問你那個。你們沒事弄出那些來攻擊我們幹嘛？」

也不知道蔚商白回答了什麼，一刻的臉色驟變，雙眼更是沉了下來。

最後，這名白髮少年粗暴地闔上手機。

「一刻？」織女眨巴著眼睛。

一刻耙了耙白髮，鐵青著一張臉，「不是他們。」

「哎？」織女睜圓眼睛。

「蔚商白說他們那天沒有拉誰的欲線。」一刻清楚說道，「而且他們沒有能力控制瘴。」

當這句話一砸進空氣裡，夏墨河和織女都呆住了。

不是蔚商白和蔚可可？那麼當時的七隻瘴……究竟是怎麼回事？

還沒弄清冒充理花之人的事，現在卻又多出了一道謎題。

一刻咬緊牙根，握拳砸上冰箱門，只覺得濃濃的謎霧不斷將他們包圍住。

喜鵲看看一刻他們，又看看織女，就像是忍受不了廚房裡的死寂，她拍拍雙翅，「織女大人，我到外面晃了。」

說完，那抹巴掌大的身影靈活飛起，一下子就鑽出敞開的廚房窗戶。

喜鵲越飛越高，翱翔在藍天裡，任憑風吹動她的髮絲，吹顫她的羽毛末端。

她飛到了一處極高的大樓，坐在最頂樓的水泥邊角，微微踢著雙腳，從懷裡取出一張摺疊成四方形的紙。

喜鵲哼著歌，將寫滿端正字跡的白紙攤展開，然後撕成一半一半又一半。

直到紙變成了細碎的紙片，綁著細辮子的少女這才張開雙手，將所有的紙片扔撒出去。

風馬上吹散了漫天飛舞的碎紙。

其中一小張又被吹回至喜鵲手邊，她拾起一看，接著又將那張紙吹了出去。

小小的紙片很快就飛得無影無蹤。

除了喜鵲以外，不會有人知道，那張紙上其實是寫著兩個字——牛郎。

《織女・無名神》完

國家圖書館出版品預行編目資料

織女.卷三，無名神 / 醉琉璃 著.
——初版. ——台北市： 魔豆文化，2011.8
面； 公分.
ISBN 978-986-87140-3-8（平裝）

857.7 100013260

fresh FS013

織女 vol.3 無名神

作者 / 醉琉璃
插畫 / 夜風 封面設計 / 克里斯
出版社 / 魔豆文化有限公司
地址◎ 台北市103承德路二段75巷35號1樓
電話◎（02）25585438 傳眞◎（02）25585439
部落格◎ gaeabooks.pixnet.net/blog
臉書◎ www.facebook.com/Gaeabooks
電子信箱◎ gaea@gaeabooks.com.tw
投稿信箱◎ editor@gaeabooks.com.tw
郵撥帳號◎ 19769541 戶名：蓋亞文化有限公司
發行 / 蓋亞文化有限公司
法律顧問 / 宇達經貿法律事務所
總經銷 / 聯合發行股份有限公司
地址◎ 新北市新店區寶橋路二三五巷六弄六號二樓
電話◎（02）29178022 傳眞◎（02）29156275
港澳地區 / 一代匯集
地址◎ 九龍旺角塘尾道64號龍駒企業大廈10樓B&D室
電話◎（852）2783-8102 傳眞◎（852）2396-0050
初版五刷 / 2020年4月
定價 / 新台幣 240 元
Printed in Taiwan

ISBN / 978-986-87140-3-8
著作權所有・翻印必究
■ 本書如有裝訂錯誤或破損缺頁請寄回更換 ■

魔豆

魔豆